suhrkamp taschenbuch 4389

AF203126

Drei Erzählungen, drei Paare, drei Spielarten der Liebe. Sie finden und verlieren sich, spielen die unterschiedlichsten Facetten der Liebe durch: ihr plötzliches unsicheres Erwachen in einer Situation, wo man mit dem Leben eigentlich schon abgeschlossen hat, die Suche nach dem Glück, bei der nicht immer der gewinnt, der gerade die besseren Karten hat, und den Alltag einer langjährigen Ehe, in der die Partner zu vollendeten Komplizen ihrer Angst vor dem Außergewöhnlichen werden.

Es ist die Liebe, nichts als die Liebe, was die Menschen in diesen Geschichten umtreibt.

Yasushi Inoue, am 6. Mai 1907 auf der japanischen Insel Hokkaido geboren, starb am 29. Januar 1991 in Tokio. Er ist einer der bedeutendsten und populärsten Schriftsteller der japanischen Gegenwartsliteratur. Seine Bücher erscheinen im Suhrkamp Verlag. Zuletzt erschienen: *Das Jagdgewehr* (st 2909), *Schwarze Flut* (st 3835), *Der Tod des Teemeisters* (st 4025), *Der Sturm* (st 2660).

Yasushi Inoue
Liebe
Drei Erzählungen
Aus dem Japanischen von
Richmod Bollinger

Suhrkamp

Umschlagfoto: Ellen Schmauss

Klimaneutral
Druckprodukt
ClimatePartner.com/14438-2110-1001

4. Auflage 2022

Erste Auflage 2012
suhrkamp taschenbuch 4389
© der deutschen Ausgabe Suhrkamp Verlag Berlin 2012
Copyright © 1954, The Heirs of Yasushi Inoue
All rights reserved
© der Übersetzung Residenz Verlag, Salzburg und Wien
Suhrkamp Taschenbuch Verlag
Umschlag: Göllner, Michels, Zegarzewski
Druck: CPI books GmbH, Leck
Printed in Germany
ISBN 978-3-518-46389-5

www.suhrkamp.de

Tod, Liebe und Wellen

Wenn der September sich ankündigt, ist es tagsüber, vor allem abends, in Tôkyô nicht mehr so heiß, und unversehens kriecht einem eine herbstliche Kühle unter den Yukata. Kommt man aber ins Städtchen K. unweit der Endstation der Kiseisai-Linie, die durch Kishû direkt zur Südspitze der Kii-Halbinsel führt, liegt das Meer schon um sieben Uhr früh vor einem wie vergossene blaue Tinte, und das grelle Sonnenlicht gleißt auf dem Wasser wie verstreute Fischschuppen. Sugi war, als ginge die Jahreszeit einen Monat nach.

Das Hotel Nanki, von dem er am Abend zuvor in einem Gasthof bei den heißen Quellen in Katsuura erfahren hatte, hatte er sofort gefunden. Vor dem Krieg hatte die Villa einem Exportkaufmann aus Kobe gehört, dann hatte sie den Besitzer gewechselt, und seit diesem Frühling verkündeten groß aufgemachte Zeitungsinserate, sie sei in ein Hotel umgewandelt worden. Es war ein elegantes Gebäude im westlichen Stil, das auf den ersten Blick an Zuckerwerk erinnerte, und obwohl es nicht sehr groß war, strahlte seine Silhouette auf der Anhöhe am Fuß der berühmten Klippe, auf der einmal Piraten gehaust haben sollen, eine seltsam würdige Ruhe aus. Die ein wenig mittelalterlich anmutende Turmspitze, die selbst von der wilden, weiten Aussicht auf die berüchtigte Kumano-Küste im Vordergrund nicht erdrückt wurde, blitzte ab und zu in der Sonne nervös auf und sah von weitem aus wie eine Brosche.

Nachdem man ihn in ein Zimmer mit Meerblick im ersten Stock geführt hatte, legte Sugi Sennosuke Tasche und Hut auf den Tisch und trat sogleich hinaus in die Lobby, die aufs Meer hinausging. Dann warf er einen Blick auf die große Klippe, die sich drei-, vierhundert Meter neben dem Hotel wie ein Wandschirm erhob. Die Seite zum Meer hin brach fast senkrecht ab, und die schiere, riesige Felsoberfläche, gegen die Tausende und Abertausende von Jahren Wind und Wellen anbrandeten, ragte steil in die Höhe.

An diesem Vormittag ruhte die Kumano-Küste in einheitlich tiefem Blau, nur die Wellen am Saum dieser Felswand gischteten weiß. Das Tosen der Wogen war bis hinauf zu Sugi zu hören.

Ah, da ginge es.

Sugis Blick war ganz links an einer Stelle an der Kante der großen Klippe hängengeblieben. Über der Klippe wuchsen ein paar Zedern, und darüber segelten vier, fünf kleine Seevögel, die er nicht einmal dem Namen nach kannte.

Von dort stürzt er plötzlich hinunter. Schnurgerade fällt er vielleicht hundert Meter in die Tiefe. Jedenfalls wird er genau auf einem natürlichen Vorsprung etwa in der Mitte der Felswand aufkommen. Dann wird er sich überschlagen und in einem sanften Bogen an einem Punkt ein wenig außerhalb der Brandung in die schwärzlich brodelnde See tauchen.

Wirklich perfekt.

Die Erleichterung, daß er endlich einen Ort zum Sterben gefunden hat, der ihm zusagt, läßt ihn aufatmen und erlaubt ihm, sich in Ruhe eine Zigarette anzuzünden.

Noch einmal folgt Sugi mit den Augen den Konturen der schwarzbraunen Klippe und malt sich aus, wie ein kleines Objekt herunterfällt, dabei noch einmal aufprallt und dann eine steile Kurve beschreibend hinabstürzt.

Das werde ich sein, sagt er sich. Doch macht ihm diese Vorstellung keine Angst, ihn überkommt kein Schauder. Bevor ich auf der Klippe aufschlage, werde ich wohl schon das Bewußtsein verloren haben. Die Linie, die ein bewußtloser Körper, ein Objekt, beschreibt, wird durch physikalische Gesetze bestimmt. Der Sturz in den Tod ist von einer geometrischen Schlichtheit, von wahrhaft sportlicher Klarheit.

Hier soll es sein.

Zurück in seinem Zimmer inspizierte Sugi den Ort, an dem er die letzten drei Tage seines Lebens verbringen würde. Es waren zwei Räume, ein großer und ein kleiner. In dem großen standen ein Bett, ein Tisch und ein Stuhl, die Bettwäsche war makellos, auch die Matratze war bequem. Sugi warf einen Blick in den Raum nebenan. Dort befand sich das Bad. Die Fenster waren so groß, daß man sowohl nach Süden als nach Osten hin das Meer sah. Eine Notiz besagte, daß es nur zu bestimmten Zeiten morgens und abends heißes Wasser gebe. Doch das reichte ja auch vollkommen. Zur Probe drehte er den Wasserhahn und die Dusche auf. Das Wasser war kälter als erwartet. Nun ja, in einem japanischen Hotel kurz nach dem Krieg konnte man wohl kaum mehr Komfort erwarten.

Der Page, der ihn zuvor in das Zimmer geführt hatte, trat ein. Irgendwie hatte er etwas Schülerhaftes. Sugi vermutete, daß dies für ihn ein Ferienjob war, und tatsächlich erzählte der Page, er bereite sich auf die Aufnahmeprüfung an irgendeiner Universität in Tôkyô vor.

»Sind noch andere Gäste hier?«

»Jawohl, gestern ist jemand gekommen.«

»Mit zwei Gästen kann das Geschäft doch nicht laufen.«

»Man hofft wohl auf die ausländischen Touristen, die in vier, fünf Jahren kommen sollen, aber bisher ist die Rechnung nicht aufgegangen.«

Nachlässig füllte Sugi die Karte aus, die ihm der Page gereicht hatte.

Sugi Sennosuke
37 Jahre Präsident der Sugi-Handelsgesellschaft
DAUER DES AUFENTHALTS drei Tage
ADRESSE Tôkyô-to, Shinagawa-ku, Ômori Sannô
ZWECK DER REISE –

»Muß man den Zweck der Reise angeben?« fragte er, innehaltend.

»Nein, das spielt keine Rolle. Es gibt halt eine Rubrik dafür.«

Dann fügte der Page hinzu:

»Eben habe ich auch der anderen Person eine solche Karte gebracht, und sie hat genau das gleiche gefragt.«

Er zeigte Sugi die Karte:

»Das ist wohl Französisch? Vielleicht hat sie was gegen diese Rubrik, deshalb hat sie etwas in einer fremden Sprache geschrieben.«

»Französisch?«

»Na ja, Englisch ist es nicht.«

Sugi nahm die Karte und überflog die exakten, zierlichen, schönen Spuren des Füllfederhalters. Es war die Schrift einer Frau.

Tsujimura Nami
23 Jahre ohne Beschäftigung
DAUER DES AUFENTHALTS zwei Tage
ADRESSE Tôkyô-to, Suginarabi-ku, Kôenji
ZWECK DER REISE   MORS

Herrje. MORS. Das ist kein Französisch, das ist Latein. Und bedeutet doch Tod. Stimmt, genau das.

Er war verblüfft. Eben hatte er gedacht, er könne als Zweck der Reise natürlich nicht »Tod« eintragen; ihm war, als habe dieses Wort mit einemmal sein Innerstes bloßgelegt.

»Eine junge Frau, nicht wahr?«

»Ja.«

»Das da bedeutet Abreise. Also, Reise.«

Nach dieser Erklärung ging der Page, und Sugi wußte nun, daß im selben Hotel eine weitere Person wohnte, die hier sterben wollte.

Doch berührte ihn dies nicht besonders. Er war nicht einmal neugierig, was für eine junge Frau das sein mochte. In seiner momentanen Lage war ihm der Selbstmord einer anderen Person völlig gleichgültig, so gleichgültig, wie wenn ein Wölkchen am Himmel aufkommt oder sich eine kleine Welle bricht. Wie ein Naturereignis betraf es ihn nicht persönlich. Sich um die Angelegenheiten anderer Leute zu kümmern war ihm lästig. In seiner Studentenzeit, als feststand, daß er die Prüfung nicht bestanden hatte, war es ihm schrecklich gleichgültig gewesen, daß Freunde ebenfalls durchgefallen waren. So ähnlich ging es ihm auch jetzt. Leute, die meinen, sterben zu müssen, die sollen das auch tun. Ich werde ja auch sterben, weil ich sterben muß. Für Sugi gab es nichts mehr, was ihn noch interessieren konnte. Er war allem gegenüber schrecklich abgestumpft.

Im Speisesaal im Erdgeschoß beendete Sugi ein etwas frühes Mittagessen. Seit er sich auf die Reise gemacht hatte, wurde er morgens eigenartig früh wach. Bisher hatte er mindestens acht Stunden Schlaf gebraucht, doch seit er nicht mehr zur Arbeit ging und den Entschluß zum Selbstmord gefaßt hatte, wachte er aus irgendeinem Grund nach nur fünf Stunden Schlaf mit recht klarem Kopf auf.

Auch heute, im Gasthof in Katsuura, war er schon um fünf Uhr aufgestanden, hatte gefrühstückt und hatte dann, obwohl es keinen Grund zur Eile gab, den ersten Zug genommen. Um sieben war er bereits in K. eingetroffen und hatte sich direkt ins Hotel begeben. Er hatte vorhin schrecklichen Hunger gehabt. Das Frühstück war schon eine Weile her, und er hatte das Mittagessen kaum erwarten können.

Während Sugi seinen Kaffee trank, betrachtete er durch die Glastür die fernen Klippen. Und heute oder morgen wollte er den Ort des Geschehens einmal in Augenschein nehmen. Selbst dazu hatte er keine rechte Lust, doch verspürte er immerhin so etwas wie einen letzten Eifer beim Gedanken an seine letzte Tat auf dieser Welt. Wenigstens das will ich ordentlich zu Ende bringen.

Zurück aus dem Speisesaal, entnahm Sugi seiner ledernen Reisetasche ein in einer fremden Sprache geschriebenes Buch. Es waren die »Aufzeichnungen einer Reise in den Orient« von Willem van Ruysbroek, die er aus einer Universitätsbibliothek in Tôkyô entliehen hatte. Die englische Übersetzung aus dem Lateinischen war 1900 veröffentlicht worden. An einer Stelle nach dem ersten Drittel steckte ein Papierstreifen. Heute und morgen werde ich den Rest wohl lesen können. Dann hat Sugi Sennosuke auf dieser Welt nichts mehr verloren. Nach der letzten Seite wird er das Buch zuklappen. Er wird das Zimmer verlassen und auf die Klippe zugehen. Der Tod wird ihn erwarten.

Flüchtig sah Sugi seine eigene Gestalt von hinten, doch vergaß er sie sogleich und wurde mehr und mehr in die Welt wundersamer historischer Dokumente gesogen, in einen Strudel aus Kruzifixen des dreizehnten Jahrhunderts, aus Astrologie, Jurten und dem Balchaschsee, aus Tataren, Tod, Hungersnot, Abenteuer und Edelmut.

Zur Abendessenszeit, nachdem Sugi im Speisesaal an einem Fenstertisch Platz genommen hatte, trat der Page zu ihm.

»Da außer Ihnen nur noch ein Gast zugegen ist, darf ich Sie da mit Ihrem Einverständnis bitte an einem Tisch plazieren?«

»Ist recht.«

Sogleich wurde ein weiteres Gedeck für den gegenüberliegenden Platz gebracht, und wenig später erschien eine junge Frau.

»Sie gestatten.«

»Bitte.«

Zum erstenmal begegnete er der jungen Frau, die unter der Rubrik ZWECK DER REISE »Tod« eingetragen hatte. Sugi erinnerte sich deutlich, daß ihr Alter auf der Karte mit dreiundzwanzig angegeben war, doch ihre brüske, kühle Art und die Gelassenheit, mit der sie ihn ignorierte, ließen sie zwei, drei Jahre älter erscheinen.

Ihre schwarz funkelnden, von langen Wimpern gesäumten Augen blickten durch das Fenster schräg hinter ihm hinaus aufs Meer. Dieser unverwandte Blick wirkte ein wenig provozierend, und Sugi fragte sich, ob sie wohl zu den Frauen gehörte, die man als Schönheit oder als hübsche junge Frau zu bezeichnen pflegt.

Er tauchte den Löffel in die Suppe, die man serviert hatte. Auch als er seinen Teller längst geleert hatte, war sie noch immer in den Anblick des Meeres versunken. Ihre Augen funkelten, aber Sugi wußte, daß sie eigentlich gar nichts sah, und auch als der nächste Gang aufgetragen wurde, saß sie regungslos da und war sich der Hantierungen des Pagen in keiner Weise bewußt.

Aha, sie sieht den Tod, nur noch den Tod.

Nachdem Sugi mit dem dritten Gang fertig war, wandte er sich zum erstenmal an diesen anderen Hotelgast, der laut Karte den Namen Tsujimura Nami trug:

»Fräulein, das Essen wird kalt.«

Sogleich schweifte ihr Blick ab und richtete sich erstaunt auf Sugi. Sie hatte eine breite Stirn. Ihr üppiges, gelocktes Haar fiel ihr in den Nacken. Einer der kleinen Steine ihres Kolliers glitzerte kalt. Es war ein echter Diamant. Ihre hübschen Lippen hatten sich einen Augenblick lang leicht geöffnet, als habe sie etwas sagen wollen, aber dann schloß sie sie wieder und nahm abermals einen abweisenden Ausdruck an. Sie sah eine Weile zu, wie Sugi Bier trank, und rief dann den Pagen:

»Mir bitte auch ein Bier«, verbesserte sich aber gleich: »Nein, kein Bier, lieber einen Whiskey mit Soda.«

Dann nahm sie den Löffel in die Hand und führte ihn mit einer gepflegten Geste zum Mund.

»Eine herrlicher Ausblick, nicht wahr«, sprach Sugi sie erneut an.

Ihm stand der Sinn nicht nach Etikette. Der Anblick

dieser jungen Frau, die ihm so schwächlich vorkam, als könne sie nicht einmal das Gewicht des Löffels ertragen, erfüllte ihn mit leisem Zynismus, gepaart mit der Rücksichtnahme, ihr wenigstens bei ihrem letzten Abendessen möglichst angenehme Gesellschaft zu leisten. Als Aufenthaltsdauer hatte sie auf der Karte nämlich zwei Tage angegeben. Und sie mußte schon gestern in diesem Hotel übernachtet haben. Somit war dies wahrscheinlich der Abend, an dem sie ihrem Leben eine Ende machen wollte. Schon vorhin, als Sugi klar wurde, daß sie den Tod vor Augen hatte, hatte er sich dies ausgerechnet.

»Wunderschön«, erwiderte die junge Frau und hob ein wenig den Kopf.

Zum erstenmal, als habe sie es eben erst bemerkt, richtete sie ihren Blick auf das Panorama draußen vor dem Fenster. Diesmal sahen ihre Augen wirklich das Meer, in dem die Sonne bereits untergegangen war. Die Wellen hatten sich völlig gelegt, als wolle es von seinem Tagewerk ruhen.

»Und doch gehe ich noch heute von hier fort«, sagte die junge Frau mit ruhiger Stimme.

Dann hatte er also recht.

»Und wohin?«

Die Frage war ihm entschlüpft, bevor er sich ihrer Bedeutung bewußt wurde:

»Verzeihen Sie bitte meine Indiskretion ...«

Als er zu ihr hinsah, merkte er, daß sie ihn verblüfft anstarrte. Dann nahm ihr hübsches Gesicht zunehmend einen irgendwie nervösen, schroffen Ausdruck an.

»Warum entschuldigen Sie sich für diese Frage?«

Ihr Tonfall ließ keinerlei Ausflüchte zu. Sugi schwieg. Warum bloß waren Leute, die den Tod suchten, ihrem Wesen nach so penetrant, nervös und gehässig, ohne jede Bescheidenheit und ohne jedes Feingefühl? Ich dagegen werde bestimmt nicht so sein.

»Auch Sie …«, setzte Nami an.

»Ja«, nahm Sugi ihr das Wort aus dem Mund. Und nachdem er bestätigt hatte, was sie hatte sagen wollen, murmelte er boshaft:

»MORS.«

Wie zu erwarten erblaßte die junge Frau.

Sugi war die ganze Sache beinahe unangenehm. Eine emotionale Auseinandersetzung mit einer Fremden, mit der ihn nicht das geringste verband und die er nie zuvor gesehen hatte, hatte ihm gerade noch gefehlt. Er wollte sich so schnell wie möglich von dieser jungen Frau verabschieden und wieder allein sein.

Er machte Anstalten, sich von seinem Platz zu erheben, doch Nami bemerkte dessenungeachtet in herausforderndem Ton:

»Sie haben es gelesen, nicht wahr? Auf der Karte.«

Sugi gab abermals keine Antwort. Ob Sie sterben oder leben wollen, ist mir einerlei. Das hätte er ihr am liebsten erwidert.

Abrupt wandte sie ihr abweisendes Gesicht zur Seite und erhob sich schneller als Sugi vom Stuhl. Sie verließ den Tisch, kehrte aber noch einmal um:

»Ich wünsche an meinem Vorhaben nicht gehindert zu werden.«

»Ich hindere Sie nicht. Die Menschen sind frei. Es steht ihnen sogar frei, den Tod zu wählen.«

»Ist das Ihre aufrichtige Meinung?«

»Selbstverständlich.«

»Ich danke Ihnen.«

Sie neigte leicht den Kopf, eine Verbeugung andeutend, verließ nun tatsächlich den Speisesaal und ging hinüber in den durch Wandschirme abgetrennten Salon, der mit Sofas möbliert war.

Sugi blieb allein am Tisch zurück.

Nami verließ den Salon kurze Zeit, und als sie wiederkam, hatte sie eine kleine Handtasche bei sich, als habe sie eben ihre Hotelrechnung beglichen. Er sah sie in den Salon zurückkehren.

Plötzlich drang die süße, sehnsüchtige Melodie von *La Cumparsita* zu ihm herüber.

Schön!

Sugi lauschte dem Tango, und auf einmal hatte er das Gefühl, daß sie, sobald die Musik verklungen war, »von hier fortgehen« würde, wie sie sich ausgedrückt hatte.

Die Musik war zu Ende.

Was er erwartet hatte, geschah. Zwischen den Wandschirmen tauchte Namis Gestalt auf.

Sugi hatte sich nach ihr umgesehen, und zufällig trafen sich ihre Blicke. Nami hatte sich bereits zum Gehen gewandt, kam dann aber, als habe sie es sich anders überlegt, auf ihn zu.

»Vielen Dank, daß Sie mir bei meinem letzten Mahl Gesellschaft geleistet haben. Möglicherweise kommt morgen vormittag ein Bekannter zu Besuch. Ich habe ihm nämlich ein Abschiedstelegramm geschickt. Falls er kommt, solange Sie noch hier sind, wären Sie dann bitte so gut, ihm dies hier zu geben?«

Mit diesen Worten hielt sie ihm eine künstliche rote Rose hin.

»Und wenn er nicht kommt?« fragte Sugi.

»Dann werfen Sie sie einfach weg.«

»Gut, unter dieser Bedingung erfülle ich Ihren Wunsch.«

Sugi nahm die künstliche Rose entgegen, drehte sie

zwei, drei Mal zwischen den Fingern und führte sie dann zerstreut an die Nase. Als ihm bewußt wurde, warum sie natürlich nicht duftete, sah er zu Nami auf und mußte unwillkürlich lächeln.

Nami lächelte nicht.

Wie auch immer sie sein Lächeln aufgefaßt haben mochte, sie kehrte ihm abrupt den Rücken.

»Meinetwegen dürfen Sie mir auch gern vom Fenster aus zusehen.«

Mit diesen Worten verließ sie geradewegs den Speisesaal, ohne sich noch einmal nach ihm umzusehen.

Sugi war klar, daß die junge Frau sein Lächeln mißverstanden hatte. Vermutlich glaubte sie, er verachte sie. Dann wurde ihm bewußt, daß dies einer Frau, die im Begriff war, Selbstmord zu begehen, im Grunde gleichgültig sein mußte, doch hatte er dieses ungute Gefühl alsbald vergessen.

Die künstliche Rose in der Hand, verließ Sugi den Speisesaal. Die weißen Blüten der Hibiskussträucher, die hier und da im Boden staken wie umgedrehte Besen, sahen in der Dämmerung, die den Innenhof einzuhüllen begann, aus wie Papierknäuel. Sugi betrachtete sie eine Weile, stieg dann die Treppe hinauf, wusch sich im Bad sein vom Bier gerötetes Gesicht und betrat das Schlafzimmer.

Ihm fiel ein, daß er die künstliche Rose auf der Ablage im Bad hatte liegenlassen, und so ging er noch einmal hinüber, nahm sie und legte sie auf den Tisch.

Plötzlich erinnerte er sich ihrer letzten Worte, zündete sich eine Zigarette an und trat hinaus in die Lobby, die den Blick freigab auf den ganzen dämmrigen Küstenabschnitt. Er erspähte eine kleine Gestalt, die auf die östliche Felswand zulief. Am hellblauen Kleid erkannte er, daß es Nami war.

Vielleicht glaubt sie jetzt, ich hätte nichts Besseres zu tun, als ihr nachzusehen, so ein Blödsinn.

Eine ruhige abendliche Szene am Meer. Ein Sommerabend an der Kumano-Küste, die aussieht, als würde hier nie etwas passieren. Und doch wird eine junge Frau bald aus dem Leben scheiden. In einem winzigen Augenblick ...

Ein Gefühl der Trostlosigkeit überkam Sugi, das nichts mit Sentimentalität zu tun hatte. Wer sterben will, soll sterben. Bald sterbe auch ich.

Zurück im Zimmer knipste er die Tischlampe an und schlug das Buch »Aufzeichnungen einer Reise in den Orient« auf, das daneben gelegen hatte. Gleich jener jungen Frau, die die Schallplatte mit *La Cumparsita* aufgelegt hatte, versenkte sich Sugi in die Welt eines fernen Reisenden aus alten Zeiten. Ihm blieben noch vierzig Seiten. Aber es las sich nicht so schnell wie ein Roman.

Innerhalb von fünf Minuten war Sugi völlig gefesselt von den kuriosen Gebräuchen der Mongolen im Westchina des 13. Jahrhunderts.

Eigentlich hatte Sugi in seinem ganzen siebenunddreißigjährigen Leben nichts anderes getan, als durch irgendwelche riskante Unternehmungen das riesige Erbe seines Vaters, eines in der Finanzwelt für seine außergewöhnliche Kompetenz berühmten Bankiers, restlos zu verschwenden.

Zwar fiel in diese Jahre auch das Chaos nach der japanischen Kriegsniederlage, eine Zeit, die mancherlei Werte von Grund auf umgekrempelt hat, doch Sugi hatte dieses riesige Vermögen, von dem man meinen sollte, daß selbst ein, zwei nichtsnutzige Erben es nie im Leben hätten durchbringen können, noch vor dem

Krieg größtenteils verschleudert. Statt schockiert zu sein, staunte er eher, wie er das geschafft hatte.

Dabei hatte er nicht einmal ein besonders ausschweifendes Leben geführt. Bei einem solchen Vermögen wäre es zwar nicht einmal dann ins Gewicht gefallen, wenn er mit zehn, zwanzig Mätressen in Saus und Braus gelebt hätte. Doch Sugi mochte vielleicht diskret eine oder zwei Geliebte haben, pflegte aber keine einzige öffentlich bekannte Beziehung. Überhaupt war er nicht verheiratet, er hatte noch nicht einmal Kinder.

Einen bestimmten Grund für sein Junggesellenleben gab es nicht. Eine Familie vermißte er kaum, und irgendwie war er siebenunddreißig geworden, ohne daß er je einen eigenen Hausstand gegründet hätte. Als er sich dessen bewußt wurde, lebte er aus irgendeinem Grund immer noch ganz allein in einem weitläufigen Anwesen, während seine Freunde aus Studententagen, als hätten sie sich abgesprochen, allesamt schon zwei oder drei Kinder hatten.

Ging man der Frage nach, wie es zur Vergeudung von Sugis riesigem Vermögen gekommen war, konnte man wohl nur von Unglück sprechen. Es stimmte nicht, daß Sugi von seiner Persönlichkeit her absolut nicht zum Geschäftsmann getaugt hätte. Doch was er auch anpackte, alles endete seltsamerweise prompt in einem Mißerfolg.

Wie unter jungen Leuten üblich hatte er sich auf allerlei Gebieten versucht, im Schiffsbau, in der Kosmetikherstellung und in der pharmazeutischen Industrie, und wenn er damit Erfolg gehabt hätte und etwas Großes aus ihm geworden wäre, hätte er sich in der Aufmerksamkeit der Finanzleute sonnen können, doch all seine Unternehmen waren ausnahmslos, prompt und glattweg bankrott gegangen. Was er auch anfing, im Großen wie im Kleinen, war merkwürdigerweise stets zum Scheitern verurteilt. Nie war das Glück auf seiner Seite. Es war, als sei er unter einem bösen Stern geboren.

Und nachdem Sugi den Rest seines enormen Vermögens so gut wie aufgebraucht hatte, war das Kriegsende gekommen und hatte das abgenagte Gerippe irgendwo in weite Ferne verschleppt.

Als er dieses Geld zusammenkratzte, war es zwar immer noch eine beträchtliche Summe. Aber das Schicksal hatte wohl nicht vorgehabt, mit ihm kurzen Prozeß zu machen, indem es ihm gleich das Letzte raubte. Der Strohhalm, an den sich Sugi klammerte, war der Kohlebergbau. Und auch diesmal, vielleicht als Strafe dafür, daß er die Warnung seines Vaters außer acht gelassen hatte, er solle die Finger von Spekulationsgeschäften lassen, erlebte er eine jämmerliche Pleite.

Er hatte versucht, das Unternehmen irgendwie wieder flottzumachen, und hatte das letzte Jahr alle Hebel in Bewegung gesetzt, um ein größeres Darlehen zu bekommen, aber dies sollte die letzte Pechsträhne im Leben von Sugi Sennosuke sein. Denn daraus entwickelte sich ein Riesenskandal um die Bestechung von Staatsbeamten, der seinen Zukunftsperspektiven ein jähes Ende setzte.

Die Fahndungskommission war ihm bereits auf der Spur. Niemand wußte besser als Sugi, wie ernst die Lage war. Sein Anteil an den Kohleminen fiel zwar nicht ins Gewicht, aber in der Sache mit der Finanzierung steckte eine Brisanz, daß selbst ihm ein wenig mulmig wurde. Der Kredit für sein Unternehmen war zwar nicht der Rede wert, doch hatte er, teils freiwillig, teils gezwungenermaßen, als Vermittler fungiert, und die Affäre hatte einen Sensationswert, der Schlagzeilen machen würde.

Als Sugi begriffen hatte, daß es kein Entrinnen gab, war ihm der Entschluß zu sterben relativ leicht gefallen. Man konnte ihn beim besten Willen nicht als gewieft bezeichnen, doch seine Aufrichtigkeit und Gewissenhaftigkeit als Jungunternehmer in Verbindung mit einer guten Erziehung waren in der Wirtschaft hoch angesehen. Dem Namen Sugi Sennosuke hatte stets etwas Leichtes, Frisches angehaftet. Sugi konnte den Gedanken nicht ertragen, daß er hilflos würde zusehen müssen, wie dies zunichte gemacht wurde, und daß ihn fortan die Schande wie ein Umhang bedecken würde.

Nachdem er sich zum Selbstmord entschlossen hatte, blieb ihm nichts weiter zu regeln. Er hatte ja weder Frau noch Kinder und auch keine Geschwister, für deren Zukunft er hätte Sorge tragen müssen. Sein Vermögen war gänzlich zerronnen. Bei seiner Verhaftung würde lediglich das große Defizit seines Unternehmens ans Licht kommen.

Nachdem er den Entschluß gefaßt hatte, hatte Sugi darüber nachgedacht, was ihm noch etwas bedeutete, und war schließlich zur Einsicht gelangt, daß ihm höchstens noch an dem Buch »Aufzeichnungen einer Reise in den Orient« von Ruysbroek gelegen war, in dem er auf der Oberschule mal geschmökert hatte.

Es nahm ihn selbst wunder, daß ihm in dieser Situation die »Aufzeichnungen einer Reise in den Orient« eingefallen waren. Doch dann fragte er sich, warum er bisher nie an das Buch gedacht hatte, so sehr ließ ihn die Erinnerung daran erschauern. Ihm war, als habe ihn der Entschluß zum Selbstmord auf einmal aus der Realität seines fortgeschrittenen Alters herausfallen lassen und in die Gefühlswelt eines zwanzigjährigen Oberschülers zurückversetzt.

Am Tag seiner Abreise aus Tôkyô hatte ein befreundeter Soziologieprofessor das Buch auf seine Bitte hin aus der Universitätsbibliothek entliehen. Nachdem Sugi es gelesen haben würde, wollte er es seinem Freund zurückschicken und dann den Vorhang vor seinem, wie es ihm jetzt schien, lediglich rastlosen und wenig bemerkenswerten Leben fallen lassen.

Von Tôkyô her war er über Kyôto gefahren, hatte den Moosgarten des Saihôji besichtigt, den er ebenfalls in seiner Studentenzeit bewundert hatte, und war dann über Ôsaka weiter nach Wakayama gereist, wo er die Kiseisai-Linie genommen hatte.

Daß er Kishû als Ort für seinen Selbstmord gewählt hatte, war Zufall. Er erinnerte sich bloß, mal in der Zeitung oder in einem Buch gelesen zu haben, die dortige Meeresströmung führe die Leichen vieler Selbstmörder mit sich fort, man wisse nicht, wohin.

In Shionomisaki und in Katsuura hatte er je einmal übernachtet. In Shionomisaki hatten ihm die Wirtsleute erzählt, die meisten Leute würden gemeinsam mit einer geliebten Person in den Tod gehen, da hatte er irgendwie die Lust verloren. Auch störten ihn die vielen Felsen an der Küste. Die Vorstellung, daß seine Leiche dort angeschwemmt werden könnte, war ihm unangenehm.

In Katsuura hatte er aus dem ersten Stock der Herberge aufs Meer hinausgeblickt und viele Fischkutter wie Spielzeugschiffe auf dem Wasser gesehen. Das Tuckern ihrer Motoren hallte den ganzen Tag durch die Bucht. Bei einem solchen Ort dachte man eher ans Leben als ans Sterben.

In dem Städtchen K. hatte er dann zum erstenmal

einen Ort gefunden, der ihm zusagte. Keine Menschenseele war an den langen Kiesstränden zu sehen. Kein einziges Boot war hinaus auf die glitzernde, wogende See gefahren. Und das tiefe, unergründliche Blau des Meeres sah aus, als werde es nichts mehr hergeben, was es einmal, ein letztes Mal umarmte.

Sugi drehte das Buch um, legte es aufgeschlagen auf den Tisch und erhob sich.

Er vernahm ein Geräusch, das nicht dem Rauschen der Wellen glich. Als er das Fenster öffnete, sah er, daß es regnete. Die kalte, feuchte Abendluft voller Meeresgeruch strömte ins Zimmer.

Sugi blickte auf die Uhr. Es war halb zehn. Er schloß das Fenster, zog seinen Schlafanzug an, und als er sich eine Zigarette angezündet hatte und eben auf dem Stuhl Platz nehmen wollte, meinte er, es habe geklopft.

Er lauschte, hörte aber nichts Besonderes. Doch nach einer Weile vernahm er deutlich zwei-, dreimal ein Klopfen.

Sugi ging zur Tür.

»Wer ist da?« fragte er und drückte die Klinke nieder.

Jemand suchte sich im Schatten der aufgehenden Tür zu verbergen.

»Wer ist da?« fragte er abermals.

»Ich bin's«, vernahm er eine schwache Stimme.

Und, deutlicher:

»Sehen Sie bitte nicht her, ich habe fast nichts an, nur ein Unterkleid.«

Dann brach plötzlich ein Schluchzen hervor, und als dies nach einer Weile verebbte:

»Ich konnte einfach nicht sterben.«

Die zitternde, kraftlose Stimme hatte für ihn einen klagenden Unterton.

Sugi kam sich zwar ein wenig dreist vor, doch packte er die hinter der Tür stehende Frau am bloßen Arm. Ihre Haut war naß. Das von ihrem gelösten Haar rinnende Wasser tropfte auf seine Hände. Mit beiden Armen, als wolle er sie an sich drücken, brachte er sie – es waren wirklich nur zwei, drei Schritte – in den Lichtkreis der Lampe, der aus dem Zimmer fiel.

Meine Güte, dachte Sugi. Sie hat tatsächlich nur ein klatschnasses Unterkleid an. Die Haare klebten ihr im Gesicht, und sie zitterte heftig am ganzen Leib, als habe sie Krämpfe. Kaum zu glauben, daß dies dieselbe junge Frau war, die ihm vorhin im Speisesaal begegnet war.

Sie hielt den Kopf gesenkt, blieb stocksteif stehen und ließ Sugi machen, doch als sie sich bewußt wurde, daß sie im Licht stand, stöhnte sie auf und wand sich in seinen Armen. In diesem Augenblick riß ihre Halskette und glitt herab.

»Bleiben Sie stehen«, sagte Sugi, löste sich von ihr und trat zurück ins Zimmer. Er ging ins Bad und drehte den Wasserhahn auf, aber es gab schon kein heißes Wasser mehr. Da nichts zu machen war, nahm er das Handtuch und kehrte zur Tür zurück:

»Trocken Sie sich bitte damit ab.«

Mit diesen Worten hielt er ihr das Handtuch hin. Sie streckte ihren schlanken, weißen Arm danach aus. Nach einer Weile sagte sie etwas ruhiger:

»Könnten Sie mir nicht bitte irgend etwas zum Anziehen leihen?«

Sugi überlegte einen Augenblick, dann holte er aus seiner Tasche ein Paar kurze Hosen und ein Oberhemd und brachte sie ihr.

»Vielen Dank.«

Ihr Tonfall war demütig, ganz anders als vorhin im Speisesaal, und mit ihren weißen, schlanken Armen nahm sie auch dies entgegen.

Als Nami in dem ihr zu großen Oberhemd mit umgekrempelten Ärmeln und in der ebenfalls viel zu weiten kurzen Hose hereinkam und vor Sugi hintrat, hatte sie ihre selbstbewußte Art vom Abend einigermaßen zurückgewonnen. Vielleicht lag es an der Kleidung, daß sie ein wenig burschikos wirkte.

»Ich konnte nicht sterben«, sagte sie verärgert.

»Ich weiß. Sonst stünden Sie ja nicht vor mir«, erwiderte Sugi. »Na, setzen Sie sich erst mal.«

Er schob ihr den Stuhl hin und setzte sich selbst auf die Bettkante.

Auch nachdem sie sich gesetzt hatte, frottierte sie sich weiter mit dem Handtuch die Haare.

»Ich habe aber den Entschluß zu sterben nicht aufgegeben. Verstehen Sie mich in diesem Punkt bitte nicht falsch.«

»Bitte, das ist Ihre Entscheidung.«

Über Sugis Miene huschte die Andeutung eines Lächelns.

»Bloß keine Ermahnungen und Standpauken!«

»Das ist offen gestanden nicht meine Art.«

Im Gegensatz zu vorhin im Speisesaal konnte Sugi jetzt innerlich ganz gelassen bleiben. Namis Stimme klang in seinen Ohren niedlich wie das Quengeln eines trotzigen Kleinkindes.

Während er noch geglaubt hatte, sie trockne sich die nassen Haare und das Gesicht, hatte sie irgendwann begonnen, sich mit dem Handtuch die Tränen abzuwischen. Dies rührte ihn eigenartig.

»Ich glaube, wenn ich Ihnen nicht begegnet wäre,

hätte ich sterben können. Aber einen kalten Unmenschen wie Sie zu treffen, das hat alles verdorben«, empörte sie sich.

»Kalt?«

»Ist doch wahr, Sie wissen genau, daß ich Selbstmord begehen will, und doch versuchen Sie mit keinem Wort, mich davon abzuhalten, und dazu sehen Sie mich noch mit diesem verächtlichen Blick an! Einen so garstigen Menschen wie Sie findet man so schnell nicht wieder!«

Nami starrte Sugi an. Ihre Augen schienen wahrhaftig zu glühen vor Haß.

»Wenn Sie versucht hätten, mich davon abzubringen, hätte ich es zu Ende gebracht. Doch ...«

»Doch was?«

»Ich war in der richtigen Stimmung, um in den Tod zu gehen, aber natürlich ist die kaputtgemacht worden, bloß weil ich Sie getroffen habe. Wenn man weiß, da ist einer, der einen beim Selbstmord aus dem Augenwinkel belauert, kann man nicht mehr sterben.«

Ach ja, schon möglich, dachte Sugi. Aber das gilt wahrscheinlich nicht für mich.

»Ihretwegen muß ich noch eine Nacht hierbleiben. Bitte leihen Sie mir etwas Geld. Nur für eine Nacht. Ich werde meiner Mutter sagen, daß sie es Ihnen zurückzahlen soll. Auch würde ich die Kleider gern bis morgen abend behalten. Mein ganzes Geld und all meine Sachen habe ich ins Meer geworfen. Damit klar ist, daß es kein Zurück gibt. Dann habe ich zwei Stunden im Regen gestanden. Aber es hat einfach nicht geklappt.«

Nami preßte sich das Handtuch aufs Gesicht, als ertrage sie es nicht länger. Sugi betrachtete die Gestalt dieser jungen Frau, die ein Schluchzen unterdrückte, wie eine seltsame Erscheinung. Ihr schneeweißer Nacken, in den die Röte gestiegen war wie leichtes Rouge, war schön.

»Warum müssen Sie überhaupt sterben?«

»Ich habe meine Gründe.«

»Die werden Sie wohl haben. Ich auch, übrigens!«

»Was?«

Nami hob das Gesicht. Sugi verspürte den plötzlichen Impuls, diese junge Frau zu trösten.

»Ich selber werde Selbstmord begehen. Es gibt Gründe, warum ich sterben muß, also sterbe ich. Aber in Ihrem Fall ist es doch gewiß nicht unbedingt nötig? Sonst hätten Sie sich nicht durch andere Leute stören lassen.«

»Ich habe meine Liebe verloren.«

»Liebe!«

Sugi lächelte nicht, aber er verzog den Mund.

»Deshalb wollen Sie sterben!«

»Und Sie, warum wollen denn Sie sterben?«

»Ich bin entehrt!« erwiderte Sugi.

Zum erstenmal hatte er diese Worte ausgesprochen, und ihre Bedeutung wurde ihm schlagartig bewußt. Für mich gibt es wirklich keinen anderen Ausweg.

»Entehrt?«

Nami sah ihn an, als verstehe sie nicht ganz.

»Wer die Liebe nicht kennt, wird auch deren Verlust nicht begreifen.«

Etwas wie ein Lächeln spielte zum erstenmal um ihre Lippen. Es war ein selbstironisches Lächeln, doch Sugi fand ihr Gesicht einfach schön.

»Ich muß mich jetzt wieder um ein Zimmer kümmern. Entschuldigen Sie bitte die Störung.«

»Und das Geld?«

»Ich komme morgen und leihe es mir.«

»Leihen? Ich schenke es Ihnen. Soviel Sie wollen. Ich sterbe, da kann ich es schließlich nicht mitnehmen«, erwiderte Sugi.

Als sie fort war, hob er das Handtuch auf, das sie auf dem Stuhl zurückgelassen hatte. Er ging ins Bad, um es aufzuhängen. Das Handtuch duftete vage nach dem Körper einer Frau, ein wenig zu erlesen für den Geruch des Todes.

Am nächsten Morgen erwachte Sugi früh wie immer.

Er beschloß, vor dem Frühstück den Ort oberhalb der Klippe in Augenschein zu nehmen, an dem die Zedern standen und von wo aus er sich hinunterstürzen würde. Im Yukata des Hotels und in Holzsandalen, auf denen als Brandzeichen der Name des Hotels prangte, lief Sugi durch den vom gestrigen Regen nassen, schweren Sand auf den Vorsprung zu, der über das Meer hinausragte. Das Meer lag kalt und dunkel da, ganz anders als am Vortag, vielleicht weil es bewölkt war. Unablässig liefen kleine Wellen über den Meeresspiegel, zäh wie Öl.

Auf gut Glück stieg Sugi an einem kleinen Schrein vorbei einen Pfad hinauf. Und tatsächlich führte dort ein schmaler, steiniger Weg, der aussah, als würde er weiter oben an der Klippe herauskommen, ziemlich steil weiter in die Höhe.

Als er auf die Klippe trat, breitete sich zu seinen Füßen ein großartiges Panorama aus. Das von tief unten heraufdringende Donnern der Wogen, die gegen unzählige Felsen brandeten und zerstoben, hüllte ihn plötzlich ein. Er stand über einem tosenden Abgrund, wie er ihn sich von der Hotellobby aus nicht hatte vorstellen können.

Nur der Gedanke an das häßliche Photo, das in den

Zeitungen erscheinen würde, konnte ihn zwingen zu springen. Nichts anderes würde ihn wohl je bewegen können, sich da hinunterzustürzen.

Nachdem sich Sugi das Gelände eingeprägt hatte, kehrte er auf demselben Weg, den er gekommen war, zurück. Am Strand angelangt, wandte er sich dem Fuß der großen Klippe zu, wo unzählige Felsen aufragten.

Die Wogen, die sich zwischen ihnen brachen, erzeugten zahlreiche Strudel. Ab und zu tauchte etwas grünliches Seegras auf, das sogleich wieder verschwand. Sugi stand lange da und starrte gebannt auf diese einsame, stolze, aus Wirbeln gebildete Maske. Das Dunkelbraun der Felsen erzeugte einen merkwürdig reizvollen Kontrast zum frischen Grün des Seegrases, das leuchtete, als sei es nicht von dieser Welt.

Hier also …

Der Atem stockte ihm. Die Vision war schöner als alles, was er je gesehen hatte. Er hatte dort den weißen, nackten Leib einer schönen Frau liegen sehen.

Sugi wußte nicht, von wo aus Nami hatte springen wollen, doch falls sie diese Stelle gewählt hatte, mußte ihr dieses Bett der Flut zwischen den Felsen am besten gefallen haben, um ihren Leib zur Ruhe zu legen. Überhaupt würde das Düstere dieses Ozeanwinkels der jungen Frau sehr zusagen.

Zum Frühstück begab sich Sugi in den Speisesaal, konnte aber Nami nirgendwo entdecken. Als er den Pagen fragte, erhielt er zur Antwort:

»Sie ist kurz aufgewacht und hat das Frühstück telefonisch für elf Uhr bestellt, danach scheint sie sich wieder hingelegt zu haben.«

Nach dem gestrigen Vorfall würde sie sicher tief und lange schlafen.

Sugi steckte einen Geldbetrag, der nicht nur für eine Übernachtung, sondern gut und gerne für einen ganzen Monat gereicht hätte, in einen Umschlag, fügte eine kurze Notiz hinzu und bat den Pagen, ihn der jungen Frau beim Mittagessen zu übergeben.

Anbei das Geld. Rückzahlung nicht nötig.
Heute sehen wir uns lieber nicht, Ihretwegen wie meinetwegen.
Ich möchte mich alleine entspannen und lesen.

Tatsächlich wollte sich Sugi, unbehelligt durch eine so junge Frau, an diesem und dem folgenden Tag nach Herzenslust in die achthundert Jahre zurückliegende Traumwelt einer mit kleinen Seen gesprenkelten Gegend zwischen Orient und Okzident versenken.

Am Abend, als Sugi beim Essen saß, das er sich hatte aufs Zimmer bringen lassen, wurde plötzlich, ohne daß auch nur geklopft worden war, die Tür aufgerissen, und Nami stürzte herein. Sie war ein wenig blaß.

»Bitte verstecken Sie mich. Er ist da. Mich zu holen«, war alles, was sie hervorstieß.

Ihr Blick war schrecklich ausdruckslos.

Sugi war es leid. Er hatte mehr als genug mit dieser Frau zu tun gehabt.

»Ich will ihn unter keinen Umständen sehen. Er und meine Schwester sind hier, mich zu suchen. Was auch passiert, ich kann ihn nicht treffen. Er, er selbst hat mir ohne Umschweife erklärt, er liebe mich nicht mehr. Wie kann ich ihm da gegenübertreten, ich …«

Sie klang ein bißchen konfus, doch Sugi verstand, was sie sagen wollte.

»Na, setzen Sie sich erst mal«, bemerkte er.

»Diese Person, die Sie nicht treffen wollen, ist sie hier im Hotel?«

»Ja, ich habe zufällig das Fenster aufgemacht, und da habe ich ihn gesehen, wie er mit einer blauen Reisetasche durch die Eingangstür gekommen ist. Hinter ihm habe ich meine jüngere Schwester erkannt. Ich habe schleunigst den Pagen angerufen und ihn angewiesen, auf keinen Fall zu sagen, daß ich hier bin, dann bin ich gleich hierher gekommen.«

Dann setzte sie hinzu:

»Er hat gesagt, er liebe mich nicht mehr. Das hat er mir ins Gesicht gesagt. Wie kann er da …«

Weiter hörte Sugi nicht zu. Nami redete noch lange irgendwie verworrenes Zeug, doch er hörte längst nicht mehr hin.

Eine Zigarette rauchend sah er zu, wie die Dämmerung über dem Meer hereinbrach. Ihm war klar, daß ihm nichts anderes übrigblieb, als schweigend abzuwarten, bis sie sich gefangen hatte.

Etwa eine Stunde mochte verstrichen sein, da erblickte Sugi ein junges Paar, das aus dem Garten des Hotels heraus den ziemlich steilen gepflasterten Weg zur Küste hinunterlief. Der Mann trug ein Hemd und eine weiße Hose, die Frau ein blaugestreiftes, einteiliges Kleid, und beide hatten Holzsandalen an den Füßen. Wie sie so umschlungen langsam dahinschritten, mußte jeder sie für ein Liebespaar halten.

Eine Ecke im Südwesten des weiten Himmels hatte sich gerötet. Zahllose schmale, rote Wolkenbänder verliefen gerade, wie mit dem Lineal gezogen. Selbst das Meer unter diesem roten Himmel war rötlich gefärbt.

Plötzlich wurde sich Sugi bewußt, daß das junge Paar am Strand genau gegenüber seinem Fenster Platz genommen hatte. Während er sich noch über die Gebärden der beiden wunderte, schmiegten sie sich auf einmal aneinander und umarmten sich. Just in diesem Augenblick erhob sich Nami vom Stuhl. Blitzartig, ohne daß er sich dessen bewußt wurde, griff Sugi nach dem Stoffrouleau. Jäh schloß es sich.

Nami starrte Sugi an, als wolle sie ihn mit ihren Blicken durchbohren. Dann sah sie zur Seite.

»Warum haben Sie das Rouleau heruntergelassen?« fragte sie ruhig.

Wieder wandte sie sich ihm zu.

»Wollen Sie mich in Schutz nehmen?« fragte sie in kaltem, durchdringendem Ton.

»Ich nehme Sie nicht in Schutz«, erwiderte Sugi.

Nami konnte die Szene vor dem Fenster nicht gesehen haben. Die Intuition dieser jungen, schönen Frau machte ihm Angst, sie erschien ihm irgendwie krankhaft.

Im Gefühl, sie solle doch tun und lassen, was sie wolle, ließ er das Rouleau los. Es schnellte in die Höhe. Diesmal sah Sugi nicht hinaus. Er beobachtete kaltblütig das Gesicht der Frau, während sie die Szene draußen erfaßte.

Ohne mit der Wimper zu zucken starrte sie auf einen bestimmten Punkt draußen vor dem Fenster, dann schien sich ihre Miene ein wenig zu verhärten, sie hob die Hand mit einer unnatürlichen Geste an die Schläfe, verzog leicht die Lippen und fiel jäh rücklings um. Im selben Augenblick vernahm Sugi das Poltern des umfallenden Stuhles.

Ojeoje. Mit beiden Armen hob er sie hoch und legte sie auf das Bett. Es schien eine plötzliche Gehirnanämie zu sein. Ihr Gesicht hatte eine wächserne Blässe angenommen, doch vermutlich war es nichts Schlimmes, dachte er.

Nachdem Sugi an diesem Abend sein Buch zuge-
klappt hatte, breitete er eine Decke auf dem Boden aus
und streckte sich darauf aus. Da er sich doch etwas
Sorgen machte, blickte er vor dem Einschlafen der
Frau ins Gesicht, aber sie schlummerte friedlich und
atmete leicht und regelmäßig. In ihrem sanften, schönen Gesicht rann eine noch nicht getrocknete Träne
vom Auge auf das Ohr zu.

Kaum hatte sich Sugi auf der Decke ausgestreckt, da
erklang aus dem Speisesaal die Melodie von *La Cumparsita*. Der Salon lag genau unter seinem Zimmer.
Das Gelächter des jungen Paares drang durch das Fenster herein.

Sugi sah zu Nami auf dem Bett hin. Sie hatte die
Augen weit geöffnet und starrte, halb aufgerichtet, in
eine Zimmerecke.

Am nächsten Vormittag reiste das junge Paar ab. Bis
die beiden das Hotel verlassen hatten, blieb Nami in
Sugis Zimmer.

»Er ist ein Schürzenjäger. Von Beruf ist er Tanz-
lehrer. Aber ich habe ihn geliebt. Nein, daß er so ein
Schürzenjäger ist, das …«

Sie hatte sich mittlerweile beruhigt. Nur wirkte sie
schrecklich einsam und machte oft einen zerstreuten
Eindruck.

»Die beiden waren hier, um meine Leiche abzuho-
len, und daß sie dabei so fröhlich waren, soll mir eine
Lehre sein. Jetzt machen sie wohl entlang der Küste
von Kishû eine vergnügliche Reise, bis man mich gefunden hat. So was habe ich nicht gelernt, weder in
der Schule noch von meiner Mutter noch aus irgendeinem Buch.«

Sugi erkannte, daß sie ihrem bis gestern noch fel-
senfesten Entschluß, sich das Leben zu nehmen, nun

offenbar ratlos gegenüberstand. Angesichts ihrer eigenen absurden Rolle wußte sie nicht, ob sie weinen oder lachen sollte.

Eine junge, schöne Frau soll leben. Auch in schier ausweglosen Situationen sollte man versuchen, wenn irgend möglich weiterzuleben, aber für mich gilt das nicht!

Nami, die auf einmal so lieb war, als sei ein böser Geist von ihr gewichen, rührte ihn ein wenig. Sie soll leben. Es gibt nicht den geringsten Grund, warum diese Frau sterben müßte.

»Wollen wir nicht nach Shingû und Ihnen dort Kleider kaufen? In diesen Sachen können Sie ja nicht zurück nach Tôkyô«, schlug Sugi vor.

Nami pflichtete ihm nicht bei, doch widersprach sie ihm auch nicht. Sie fügte sich einfach:

»Ich komme mit.«

Mit dem Zug brauchte man fünfzig Minuten bis Shingû. Sugi hatte sich entschlossen, die nachmittägliche Lektüre seiner jungen Bekanntschaft zu opfern. In den »Aufzeichnungen einer Reise in den Orient« blieben ihm nur noch zwanzig Seiten, und am Abend und am folgenden Tag hatte er noch reichlich Zeit, die zu lesen. Er fand es sogar richtig, einige Stunden seines letzten Tages dafür zu nutzen, einer jungen Frau dabei zu helfen, ein neues Leben anzufangen.

Qualitativ hochwertige Ware gab es zwar nicht, aber in einem westlichen Modegeschäft hatten sie ein weißes Kleid entdeckt, das Nami hervorragend stand. Kaum hatte sie es angezogen, verwandelte sie sich in ein munteres, in mancher Hinsicht sogar ein wenig keckes Mädchen. Der bleiche Schatten des Todes lastete nicht mehr auf ihr, und auch die herausfordernde Art, die er neulich im Speisesaal an ihr bemerkt hatte und die sie hatte älter wirken lassen, war von ihr gewichen.

»Kaufen wir doch die Krawatte«, sagte Nami, die vor einem westlichen Modegeschäft stehengeblieben war.

Es war tatsächlich eine Herrenkrawatte.

»So was brauche ich nicht.«

»Aber bis morgen wollen Sie sich doch wohl schick machen.«

»Ganz recht.«

»Auch wenn's nur bis morgen ist, sollten Sie schick sein!«

Sugi fand ihr Geplauder überaus liebenswert und heiter. Er kaufte die Krawatte.

»Soll ich Ihnen Schuhe kaufen?« fragte er.

»Ja, gern.«

Namis Augen leuchteten.

»Und diese Strümpfe?«

»Wie hübsch.«

»Das Taschentuch da?«

»Oh bitte.«

»Und der Gürtel dort?«

»Prima, der wird wohl zu dem Kleid hier passen.«

Sugi kaufte ein Stück nach dem anderen. Nami nahm freudig alles entgegen, was er ihr überreichte. Im Vergleich zu gestern war sie wie ausgewechselt.

Sugi spazierte die Straße entlang und gab munter Geld für sie aus. Wieviel er auch ausgab, die Summe war kaum der Rede wert. Daß der Betrag, den er bei sich hatte, einfach nicht abnehmen wollte, verdroß ihn geradezu.

Sie aßen im größten Restaurant von Shingû zu Abend, und als sie mit dem Zug im Städtchen K. anlangten, war es bereits neun Uhr. Beide waren müde.

Schweigend gingen sie den dunkeln Weg entlang der Küste zurück zum Hotel. Der Abendwind war gesättigt mit dem Geruch des Meeres.

Auf einmal fragte Nami:

»Wollen Sie sich morgen wirklich das Leben nehmen?«

Die Vorstellung des Todes, die er verdrängt hatte, lastete plötzlich wieder auf ihm. Er schwieg. Anstelle einer Antwort hatte er ein Lachen versuchen wollen, aber seine Stimme hatte ihm nicht gehorcht.

Wie um ihm darüber hinwegzuhelfen, hörte er Nami fragen:

»Haben Sie keinen Wunsch mehr?«

»Ich glaube nicht.«

»Liebe?«

»Um Himmels willen!«

»Und sonst, sagen Sie schon, was außer Liebe wünschen Sie sich am meisten?«

Nami klang wie ein Kind, das um ein Spielzeug bettelt.

Sugi dachte über ihre Frage nach. Was wünschte er sich jetzt wirklich? Einen besonderen Wunsch hatte er nicht. Wenn er sich unbedingt etwas wünschen sollte, dann den Körper einer Frau, dachte er im stillen. Irgend jemand, der mich heute nacht in angenehmer Erschöpfung in einen tiefen Schlaf fallen läßt; wenn ich Ansprüche stellen darf, eine frische, unkomplizierte Frau.

»Was ist Ihnen eingefallen?« fragte Nami aufs neue. »Also, sagen Sie ganz ehrlich, woran Sie eben gedacht haben!«

Auf einmal reizte es ihn, sich dieser Frau mitzuteilen. Ihm war, als würde, was er Nami auch sagen würde, im Gespräch mit ihr von allem Schmutzigen geläutert.

»An eine Frau, an ihren Körper«, erwiderte Sugi.

Während er das sagte, war ihm, als husche durch seine Stirn eine ferne Sternschnuppe. Von seltsamer Melancholie erfüllt, sah er auf zum sternenübersäten Himmel.

Sugi trennte sich von Nami auf dem Flur im Erdgeschoß des Hotels. Dort lag ihr Zimmer.

Zurück in seinem Zimmer ging Sugi gleich ins Bad und nahm eine Dusche. Als er wiederkam, war die Tischlampe, die er doch eben angezündet hatte, erloschen. Er streckte die Hand nach dem Schalter aus.

»Mach bitte kein Licht!« sagte Nami mit leiser, ruhiger Stimme.

Überrascht blickte er sich um. In dem schwachen Licht, das bei offenen Vorhängen durch das Fenster hereindrang, nahm er verschwommen etwas auf dem Bett wahr. Und nachdem sich seine Augen an das Dunkel gewöhnt hatten, erblickte er dort Namis weißen Oberkörper.

»Sei lieb und geh jetzt.«

Er wollte Nami für ihren Streich tadeln und ging schnurstracks auf das Bett zu, doch ein, zwei Schritte davor hielt er inne.

Beim Anblick dieser Frau im Zwielicht, die da vor ihm lag, die vollen Locken über das Laken geworfen, ohne jede Unterwürfigkeit und mit ruhiger Miene, so daß er nicht wußte, ob sie schamlos war oder unschuldig wie ein Kind, mit ihren weißen, üppigen, sich von der Achselhöhle bis zur Brust hinziehenden Rundungen, die sich beim Atmen sanft hoben und senkten, erbebte Sugi, der sich körperliche Liebe lange versagt hatte, wie bei einem Anfall.

Er legte die Hände auf Namis Schultern, in einem

Teil seines Kopfes deutlich das Rauschen von Wellen vernehmend.

Im kalten Licht der Morgendämmerung war er geraume Zeit wach. Nami schlief tief und fest. Die Erinnerung an den stillen Ausdruck schmerzte ihn, mit dem sie sich ihm vor wenigen Stunden hingegeben hatte wie eine Märtyrerin und der himmelweit entfernt war von körperlichem Verlangen. Doch der Gedanke an die Kühle ihrer weißen, schlanken Arme, die seinen Hals umschlungen hatten, tröstete ihn ein wenig.

Als Sugi das nächste Mal aufwachte, war Nami fort. Er stellte fest, daß er allein im Bett lag.

Unter dem Buch »Aufzeichnungen einer Reise in den Orient«, das auf dem Tisch lag, steckte ein Zettel:

Heute sollten wir uns nicht sehen. Deinetwegen
wie meinetwegen.
Ich möchte heute in Ruhe nachdenken.
Was ich Dir gegeben habe, hatte mit Liebe
nichts zu tun. Es war eine Gegenleistung
für all das, was Du für mich getan hast ...

Tatsächlich sah Sugi Nami den ganzen Tag über nicht.

Nach dem Abendessen hatte er in etwa einer Stunde am Tisch in seinem Zimmer die letzte Seite der Aufzeichnungen gelesen von der 1246 begonnenen, neun Jahre währenden, abenteuerlichen Reise Bruder Ruybroeks von Frankreich bis ans Ufer des fernen Balchaschsees.

Aus der Schatzkammer, die ihm ein Mönch aus vergangenen Zeiten und fremden Landen erschlossen hatte, war er in die Gegenwart zurückgeholt worden. Nun gibt es nichts mehr, was mich noch hält.

Unter den vielen Extravaganzen, die Sugi sich in seinem siebenunddreißigjährigen Leben gegönnt hatte, war die angenehme Jurtenreise, die er zusammen mit diesem Reisenden aus einer Zeit vor Marco Polo unternommen hatte, die letzte, die exquisiteste gewesen.

Nachdem er an der Hotelrezeption im Erdgeschoß seine Rechnung beglichen hatte, kehrte er ins Zimmer zurück, legte die Tasche auf den Tisch, in der sich noch etwa 100 000 Yen befanden, und daneben einen an Tsujimura Nami adressierten Brief und ein Päckchen mit den »Aufzeichnungen einer Reise in den Orient«, das an seinen Freund an der Universität in Tôkyô zurückgeschickt werden sollte. In dem Brief stand bloß:

Ich bin von meiner Reise zu den Tataren zurück.
In Kürze breche ich erneut zu einer Reise auf.
Bitte verfüge über das Geld und die übrigen Dinge nach Deinem Gutdünken.

Es war eine stockfinstere Nacht, aber sternklar. Sugi verließ den Innenhof und nahm den gepflasterten Weg hinunter zum Strand.

Vor dem Sterben fürchtete er sich nicht besonders. Ein Mensch kann nicht einfach an einem Punkt stehenbleiben. Wie einer, der keinen anderen Ausweg weiß und schließlich diesen Weg einschlägt, machte sich Sugi auf zum Vorsprung über der Klippe. Zehn Minuten später stieg er langsam den schmalen Pfad am Schrein vorbei in die Höhe.

Oben angelangt, riß er einige Male ein Streichholz an, um sich zu vergewissern, daß er sich am Fuß der großen Zeder befand.

Fünf, sechs Schritte vor mir liegt ein flacher Stein

von ungefähr dreißig Zentimetern Durchmesser. Wenn ich von dort aus springe, wenn ich da direkt ins Nichts springe, dann ist sicher alles zu Ende.

Alles nur eine Frage der Willenskraft, hört Sugi sich sagen.

Er hat keine Lust, lange im Finstern zu stehen. Unsicher und unruhig und obendrein ein Gefangener der Dunkelheit, das halte ich nicht aus.

Sugi tritt von der Zeder weg fünf, sechs Schritte nach vorn und stößt tatsächlich auf den Stein. Er stellt sich darauf, holt eine Zigarette aus der Jackentasche und zündet sie an. Seine Hände zittern ein wenig, und es fällt ihm nicht leicht, die Zigarette zum Mund zu führen.

Er wirft die Zigarette fort, steht auf, und auf einmal schwebt ihm Namis kühles, schönes Gesicht vor, die Lider geschlossen. Zugleich durchzuckt ihn das Gefühl, er hätte sie unbedingt noch einmal sehen müssen. Dieses Versäumnis scheint ihm der größte Fehler seines Lebens.

Da steht er. In seinem wieder kühl und klar werdenden Kopf wirbelt etwas herum. Daß dies Liebe zu Nami ist, erkennt er auf der Stelle.

Ich will nicht sterben!

Der Gedanke durchzuckt ihn zum erstenmal.

Zurück unter der Zeder ließ er sich nieder, als breche er zusammen.

Dann beschlich ihn das Gefühl, er sei nicht allein, und er starrte nach rechts in die Finsternis. Doch das war unmöglich.

Nami!

Ohne daß er sich dessen bewußt war, hatte er ihren Namen gerufen. Es war so etwas wie ein Ausdruck von Liebe, der ihm da unwillkürlich entfahren war.

Im selben Augenblick war ihm, als höre er aus dem Dunkel zur Rechten deutlich ein unterdrücktes Schluchzen, und jemand kam auf ihn zu.

»Ich wollte dich nicht davon abhalten«, vernahm er Namis Stimme.

Sugi erhob sich, tastete nach ihr und schloß sie, bebend von einer nie gekannten Rührung, fest in seine Arme.

»Was machst du hier?« fragte er.

»Wärst du gesprungen, hätte ich es auch getan. Läßt du es bleiben, lasse ich es auch.«

»Ich muß sterben.«

»Mir ist alles recht, ich richte mich nach dir! Mit dir will ich sterben oder leben«, murmelte Nami, ihr tränenüberströmtes Gesicht an seiner Brust vergraben.

»Ich muß sterben«, wiederholte Sugi, und sie:

»Ich habe es in der Zeitung gelesen, heute morgen!«

»Ah.«

Seltsamerweise war er bei diesen Worten nicht erschrocken.

»Es gibt Leute, die sagen, Ruhm sei nur das Ergebnis eine Ansammlung von Mißverständnissen. Mit Schande wird es nicht anders sein. Aber wenn du dieser Schande wegen dein Leben wegwerfen willst, dann tu es, ich halte dich nicht zurück, genauso wenig, wie du mich zurückhalten wolltest!«

In diesem Moment flackerte ein Gedanke in seinem Kopf auf, der Sugi nie gekommen war, seit er Tôkyô verlassen hatte, irgendwo weit, weit, unendlich weit in der Ferne:

»Ich will versuchen zu leben.«

Der Steingarten

Für die Hochzeitsreise hatte Uomi Jirô Kyôto gewählt.

Von der Oberschule bis zur Universität hatte er mehrere Jahre in Kyôto gewohnt; Kyôto war sozusagen seine zweite Heimat, und wenn auch die Gegenwart den Glanz der alten Zeit in eisiger Tiefe verschüttet hatte, lagen doch noch überall die Scherben seiner trauten Jugend verstreut. Nach all den Jahren wollte er nun auf der Hochzeitsreise mit Mitsuko einige Tage in der stillen, alten Hauptstadt verbringen, in der seine Jugenderinnerungen begraben lagen.

So vieles wollte er Mitsuko zeigen, die erst ein einziges Mal auf einem Schulausflug in Kyôto übernachtet hatte. Es war gerade die richtige Jahreszeit, Anfang Oktober, wenn die Stadt und die umliegende Natur am schönsten sind.

Er hatte vorgehabt, mindestens fünf Tage in Kyôto zu verbringen, und hatte ein entsprechendes Programm zusammengestellt, aber Mitsukos ländlicher Heimatort auf Shikoku hatte sie mehr Tage gekostet als geplant, und als sie endlich Kyôto erreichten, hatten sie nur noch zwei Übernachtungen vor sich. Da sie erst abends in Kyôto eingetroffen waren und am übernächsten Morgen in aller Frühe mit dem Zug nach Tôkyô zurückfahren mußten, blieb ihnen im Grunde nur ein einziger, jämmerlicher, letzter Tag. Am Abend, nachdem sie eine Herberge am Ufer des Kamo-Flusses in der Nähe der großen Sanjô-Brücke bezogen hatten, fragte Mitsuko:

»Wo führst du mich denn morgen hin?«

Etwa seit gestern war selbst ihre Ausdrucksweise plötzlich familiärer geworden.

»Tja …«

So unvermittelt wußte Uomi nicht, was er sagen sollte. Die Wahl fiel ihm schwer. An einem einzigen Tag, wo sollte man da bloß hin!

»Mir wär's lieber, du zeigst mir einen einzigen, ruhigen Ort, statt mich überall rumzuführen.«

Uomi empfand genau wie sie. Er wollte wenn möglich ein ruhiges Plätzchen finden und dort mit ihr Seite an Seite, wie es sich für ein Paar auf Hochzeitsreise geziemt, durch die herbstlichen Farben der herrlichen alten Hauptstadt spazieren.

Liebevoll betrachtete Uomi seine mehr als zehn Jahre jüngere, gerade erst zwanzigjährige, hübsche Frau und ließ vor seinem inneren Auge einen Ort nach dem anderen Revue passieren, der ihr wohl gefallen würde. Ôhara nördlich von Kyôto wäre geeignet, da käme die Lebhaftigkeit ihres straffen, frischen Körpers inmitten der herbstlichen Natur schön zur Geltung. Oder die Gegend um den Ginkakuji. Mitsuko hatte gesagt, sie liebe Malerei; ihre Augen würden aufleuchten beim Anblick der weich geschwungenen Silhouette der Berge von Higashiyama, des Rotkiefernhains und des künstlichen Wasserlaufs.

Doch am nächsten Morgen nach dem Frühstück, als Uomi darüber nachsann, wohin sie denn gehen sollten und daß er sich für ein Ziel entscheiden müsse, hatte er plötzlich eine Idee. Am Abend zuvor hatte er diesen Ort nicht einmal in Erwägung gezogen. Die Gegend im Westen um den Ryôanji herum, ein alter und ruhiger Außenbezirk, der sich durch keine herausragenden Sehenswürdigkeiten auszeichnete, erschien ihm sehr verlockend.

Nach all den Jahren wollte er wieder einmal jenen Weg entlangschlendern. Dann den Teepavillon des Ninnaji-Tempels besichtigen. Vom Ninnaji aus den etwa fünfhundert Meter weiten Weg bis zum Ryôanji entlangspazieren. Dort den Steingarten des Ryôanji besichtigen. Danach durch die Tempelanlage mit dem großen Teich bummeln. Zwar hatte Uomi leichte Gewissensbisse gegenüber seiner jungen Frau, die an Gärten und Teepavillons kaum Interesse oder Geschmack zu haben schien, doch konnte er nun nicht mehr von seinem Einfall lassen.

Sie verließen die Herberge und nahmen ein Taxi nach Shijô-Kawaramachi. Nach zwanzig Minuten Fahrt hatten sie den westlichen Außenbezirk von Kyôto erreicht, und nach weiteren zwanzig Minuten hielt der Wagen vor dem alten, großen Haupttor des Ninnaji.

Alles, was Uomi erblickte, war für ihn voll trauter Erinnerungen. In den dreizehn Jahren hatte sich nichts verändert. Ein Wind ging. Derselbe Wind wie damals. Das Weiß der Lehmwand, der rankende Efeu, alles und jedes war wie zu alten Zeiten. In der Tempelanlage des Ninnaji war niemand.

»Jetzt besichtigen wir den Ryôkakutei.«

»Der Ryôkakutei, was ist das?«

»Der Teepavillon des Ninnaji.«

»Oh!«

»Und dann laufen wir ein Stückchen zum Steingarten des Ryôanji.«

»Steingarten?«

»Das ist ein Garten, der nur aus Steinen und Sand angelegt wurde.«

»Oh!«

Was er auch sagte, Mitsuko stieß kleine Jubelschreie aus, ihre Augen strahlten.

Geführt von einem Angestellten der Tempelverwaltung besichtigten sie den Teepavillon im hinteren Garten des Ninnaji. Uomi mußte an sein Herzklopfen denken, damals, als er als Oberschüler einmal auf Zehenspitzen heimlich dieses kleine, schmucke Gebäude betreten hatte.

Vom Ausgang des Ninnaji bis zum Ryôanji führte der Weg, der ihm so vertraut war und den er unzählige Male gegangen war. Die Herbstsonne breitete ihre kühlen, klaren Strahlen über den menschenleeren, stillen Weg. Das Bambusdickicht am Wegesrand wogte im Wind. Mitten durch eine funkelnde Luft und ein Licht, wie man sie sich in Tôkyô nicht einmal vorstellen kann, schritten Uomi und Mitsuko Seite an Seite einher.

Doch als sie die Tempelanlage des Ryôanji betraten, war Uomi tief in Gedanken versunken. Mitsuko, die gemächlich ein paar Schritte hinter ihm herschlenderte, war entzückt von der Umgebung:

»Wirklich schön! Diese Vororte von Kyôto.«

Doch ihre Stimme drang nur von weit her undeutlich an sein Ohr. Seit einer Woche waren sie nun auf Hochzeitsreise, und zum erstenmal war Uomi in Gedanken nicht bei seiner reizenden Frau.

»Ein so großer Teich!« meinte Mitsuko, die ihm mit kleinen Schritten nacheilte.

Sie gingen um den Teich herum hinüber zur Klause, wo der Steingarten lag.

Uomi gab keine Antwort

Hier hat mich Totsuka Daisuke geschlagen! rief etwas in seinem Innern.

Eine leise Traurigkeit trübte seine Miene, und seine Lippen waren leicht angespannt, wie immer, wenn er in Gedanken versunken war. Die Erinnerung an die ferne Vergangenheit quälte ihn und ließ ihn nicht los.

Und hier war es auch, daß ich mit Rumi Schluß gemacht habe! dachte er.

Vor dreizehn Jahren, an einem ebensolchen Herbsttag, waren Uomi Jirô und Totsuka Daisuke, beide tief in Gedanken, hier entlanggegangen. Unvermittelt waren sie gleichzeitig stehengeblieben.

»Sag mir rundheraus, ob du Rumi liebst oder nicht!« hatte Totsuka mit einer Miene gefragt, die keinerlei Ausflüchte zuließ, und Uomi unverwandt angesehen.

Uomi und Totsuka trugen beide Schuluniformen mit abgerissenen Knöpfen, hatten sich ein Handtuch um die Hüften geschlungen, und ihre Füße steckten in hohen Holzsandalen. Beide studierten Naturwissenschaften an der Oberschule.

»Keine Ausflüchte! Klar, wenn du Rumi von ganzem Herzen liebst, dann überlasse ich sie dir. Ehrlich. Und gehe noch heute von der Schule ab, fahre heim ins Dorf und werde Bauer. Ein Menschenleben währt so fünfzig Jahre, nach fünfzig Jahren Übung wird man wohl auch gelernt haben, wie man mit dem Schmerz in seiner Brust fertig wird.«

Uomi schwieg. Er wußte, ein Wort von ihm genügte, und Totsuka Daisuke würde wirklich die Schule verlassen. Was er einmal gesagt hatte, das tat er auch, da konnte man Gift drauf nehmen.

»Überleg's dir gut und antworte mir. Wenn du sie mehr liebst als alles andere auf der Welt, laß ich sie dir. Aber wenn sie dir nicht so wichtig ist, kriege ich sie. Mir ist es nämlich todernst.«

Wieder gab Uomi keine Antwort. Er konnte nicht einfach leichtfertig irgendwas erwidern.

Uomi liebte Rumi. Doch hatte er nicht das Selbstvertrauen zu behaupten, er liebe sie mehr als Totsuka Daisuke. Er hing an ihr. Allein bei dem Gedanken, sie zu verlieren, wurde ihm schwarz vor Augen. Aber er hatte nicht wie Totsuka vor, sich seinen Eltern anzuvertrauen und Rumi auf der Stelle zu heiraten.

Die bloße Vorstellung, seine auf dem Land lebenden Eltern ins Vertrauen zu ziehen, machte ihm angst. Überhaupt hatte Heiraten nichts mit Rumi zu tun, es gehörte irgendwie in eine ganz ferne, völlig andere Welt. Und doch bestand kein Zweifel, daß er sie liebte, auch wenn er nicht daran dachte, mit seinen Eltern zu sprechen und sie zu heiraten. Der Gedanke, sie zu verlieren, war ihm unerträglich.

»Ich, ich liebe sie«, stieß Uomi entschlossen hervor, während er die flammenden Blicke Totsukas auf seinen Wangen spürte.

»Mehr als ich?« bohrte Totsuka mit seiner kräftigen, dunklen Stimme nach, ihn weiterhin anstarrend.

»Wahrscheinlich«, brachte Uomi mühsam hervor.

»Wahrscheinlich?! Du redest wie ein Weib! Drück dich deutlich aus! Du liebst Rumi noch mehr als ich?!«

»Ich liebe sie«, sagte Uomi und schluckte.

»Hm.«

Ein ernster Schatten huschte über Totsukas Gesicht. Er schob die Mütze ein wenig ins Genick und stieß einen langen Atemzug aus.

»Gut, wenn das so ist, überlasse ich sie dir. Du bist begabter, du hast Land, deine Familie hat Geld, und du säufst nicht wie ich. Für Rumi bist du der bessere Mann. Recht so. Ich werde sie nie wiedersehen. Ich gehe jetzt zurück zum Wohnheim und packe meine Sachen.«

»Wegen so was wirst du doch nicht von der Schule abgehen.«

Im selben Moment, in dem Uomi das sagte, war ihm klar, daß seine Worte Totsuka reizen würden. Ein flüchtiger Blick verriet ihm, daß dessen Miene sich in der Tat verfinstert hatte.

»Das also hältst du von meinen Gefühlen!«

Im nächsten Augenblick klatschte es in seinem Gesicht.

»Blödmann!«

Wieder und wieder klatschten die Ohrfeigen abwechselnd von beiden Seiten. Uomi, der jedesmal nach links oder nach rechts schwankte, bedeckte den Kopf mit den Händen, um die Augen zu schützen. Selbst während er geschlagen wurde, reagierte er noch so vernünftig.

Fast wehrlos ließ er die Schläge über sich ergehen. Er wußte, daß er sich körperlich mit Totsuka Daisuke nicht messen konnte.

Uomi und Totsuka waren charakterlich völlig verschieden, aber in mancher Hinsicht verstanden sie sich prächtig, und in den letzten zweieinhalb Jahren waren sie auf dem Schulhof ebenso wie in der Stadt stets unzertrennlich gewesen. Sie hatten selbst ihre Hefte geteilt, und auch das Geld, das monatlich von den Eltern geschickt wurde, war gewissermaßen ein gemeinsames Vermögen, bei dem es keine Rolle spielte, wem es gehörte, und das sie ausgaben ohne Hemmungen und ungeachtet dessen, wer den Wechsel erhalten hatte.

Totsuka machte bei keinem Sportklub mit, aber auf der Mittelschule im ländlichen Kyûshû war er gut in Judo und Kendo gewesen, das konnte man schon seinem bestens durchtrainierten Körper ansehen. Auch hatte er eine herrlich unbekümmerte Art. Mit Eintritt in die Oberschule hatte er den Sport dann mit einemmal aufgegeben. Angesichts seiner körperlichen Konstitution wollten ihn Leute aus dem Judo-Klub, dem Kendo-Klub oder dem Leichtathletik-Klub anwerben, doch er lehnte es kategorisch ab, Mitglied zu werden:

»Wenn man keine Bücher liest, wird man blöd. Wißt ihr, ich bin nicht so begabt wie ihr, auf der Mittelschule, da ist bei mir rein gar nichts hängengeblieben. Ich hab' überhaupt nichts behalten. Da muß ich mich jetzt beim Lernen ein bißchen reinknien.«

Mit solchen Sprüchen wimmelte er die Werber der Sportklubs ab. In dieser Hinsicht unterschied er sich ein wenig von anderen sogenannten Helden.

Rumi war Serviermädchen in einem Café in Shijô-Kawaramachi mit dem ulkigen Namen BAN. Totsuka hatte Rumi zuerst entdeckt. Eines Abends war er zu Uomi ins Zimmer gekommen:

»Sei still und komm mit. Ich zeige dir mal ein gutes Lokal«, hatte er gesagt und Uomi mitgeschleppt.

Im BAN hatte er Sake und Kaffee bestellt, den Kaffee vor Uomi hingestellt und den Sake allein getrunken.

»Was meinst du, nicht schlecht, wie?«

Uomi hatte sofort begriffen, was Totsuka sagen wollte. Unter all den Serviermädchen, die dort wie Goldfische durcheinander wimmelten, fiel allein Rumi ins Auge.

Rumi kam manchmal zu ihnen an den Tisch, leistete ihnen eine Weile Gesellschaft und setzte sich dann gleich wieder woandershin. Die anderen Serviermädchen trugen alle grell gemusterte japanische Kleidung, einzig Rumi war westlich gekleidet. Wenn sie auf Uomi zukam, wurde ihm irgendwie schwindlig, und er zündete sich eine Zigarette nach der anderen an, ängstlich darauf bedacht, daß Totsuka nicht sah, wie seine Hände zitterten.

Totsuka sprach kein Wort. Er gaffte bloß Rumi an, und wenn sie an einen anderen Tisch ging, durchbohrte er die Gäste dort mit wütenden Blicken und schüttete becherweise Sake in sich hinein.

Sie fingen gleichzeitig an, Rumi den Hof zu machen. Sie kratzten ihr Geld zusammen und gingen jeden Abend ins BAN.

Und noch war kein halber Monat vergangen, da durften sie Rumi ausführen und mit ihr zusammen spazierengehen, und einen Monat später waren sie soweit, daß sie Rumi in ihrer Wohnung in Kitano besuchen durften. Beide waren verrückt nach ihr. Wenn Totsuka sagte:

»Sie ist bescheidener, als man denkt. Zum Mittagessen begnügt sie sich mit einem Toast«, fiel Uomi voller Bewunderung ein:

»Gut, nicht? Das ist schön an ihr.«

»Am besten gefällt mir, daß was Frivoles, aber auch was Ehrliches in ihr steckt. Die beiden Eigenschaften wechseln auf seltsame und wunderbare Weise miteinander!«

»Und ich ...«

Jeder Aspekt ihrer Persönlichkeit, jede ihrer Handlungen empfanden Totsuka und Uomi als schön, liebenswürdig und tiefgründig.

Es geschah im Herbst des dritten Schuljahres, nachdem sie Rumi etwa ein Jahr kannten, ein halbes Jahr, bevor ihr Leben als Oberschüler ein Ende haben würde. Totsuka und Uomi hatten jeder heimlich für sich Rumi eine Liebeserklärung gemacht. Und auch die Antwort, die sie erhalten hatten, war dieselbe gewesen:

»Dann heirate mich doch!«

Anscheinend war es Rumi einerlei, wen von den

beiden sie heiratete. Ihre Haltung war für Totsuka und Uomi gleichermaßen unbefriedigend, doch glaubten sie, dies zeige deutlich einen Aspekt ihres irgendwie spröden Charakters, der Tändeleien abgeneigt war.

Rumi mußte wohl früher mal beim Spiel mit der Liebe in einer ähnlichen Situation schlechte Erfahrungen gemacht haben. Da ihnen die Entscheidung nicht abgenommen wurde, mußten Uomi und Totsuka also unter sich ausmachen, wer sie kriegen sollte.

An jenem Tag war Uomi von Totsuka aufgefordert worden, doch nach langer Zeit mal wieder mit ihm spazierenzugehen. Sie waren mit der Straßenbahn bis Kitano gefahren, waren dann bis zum Ryôanji gelaufen und hatten den Steingarten betrachtet, ohne daß einer von ihnen mit der Sprache herausrückte. An dem Tag hatte ein kalter Wind geblasen, der den Winter ahnen ließ.

Das Problem mit Rumi war erst angesprochen worden, nachdem sie den Steingarten besichtigt hatten und die alten Steinstufen vor der Klause hinuntergestiegen waren.

Später wunderte sich Uomi, daß er, der sich doch sonst alles gefallen ließ, Totsuka gegenüber klar und deutlich darauf beharrt hatte, er liebe Rumi.

Bis zu diesem Tag hatte er geglaubt, er selbst werde sie letztendlich aufgeben müssen. Im Grunde spürte er, daß Totsuka viel stärker und verzweifelter an ihr hing. Außerdem wollte Rumi geheiratet werden, und Uomi hatte in dieser Hinsicht weder die feste Absicht noch die Aussicht, dies durchzusetzen. Im übrigen war Uomi mit Totsuka befreundet, auch wenn sie in der Sache mit Rumi Rivalen waren. Für Totsuka hegte er eine ganz andere, vielleicht sogar größere Liebe. Folglich hatte er bis vor kurzem gedacht, er werde sich schließlich zurückziehen.

Die Entschiedenheit, mit der er es auf einmal trotzdem fertiggebracht hatte, den Freund mit so herzloser Grausamkeit beiseite zu stoßen, überraschte ihn selbst. Damit ist die Frage nun endgültig entschieden, dachte er, während er in einem fort geohrfeigt wurde. Von diesem Gedanken erfüllt, schwankte er hin und her.

An diesem Abend kehrte Uomi nicht ins Wohnheim zurück. Er übernachtete bei Verwandten in der Nähe des Ginkakuji und blieb drei Tage dort. Als er am vierten Tag zum Wohnheim zurückkam, hatte Totsuka tatsächlich seine Sachen gepackt und war in sein Heimatdorf zurückgekehrt.

Einen Monat später kam ein Brief, in dem die Schule über Totsukas Ausscheiden in Kenntnis gesetzt wurde. An der Schule kursierten allerlei Gerüchte, doch Uomi schwieg dazu. Er sprach nicht einmal mit Rumi darüber.

Im folgenden Jahr, als er auf die Universität kam, bezog er mit Rumi eine gemeinsame Wohnung.

Mit der Tempelanlage des Ryôanji verband Uomi noch eine weitere Erinnerung.

Seit er mit Rumi zusammenlebte, waren drei volle Jahre verstrichen, es war Anfang März, und das Ende seines Studiums war in Sicht.

Rumi hatte plötzlich gesagt, sie habe etwas mit ihm zu besprechen und wolle irgendwo ein paar Schritte laufen, und so gingen sie in der Umgebung des Ryôanji spazieren. Beide schwiegen gereizt und gingen nebeneinanderher in dem Gefühl, daß ihre Beziehung an einem entscheidenden Punkt angelangt war. Wie um die Zeit totzuschlagen, betraten sie auch an diesem

Tag die Veranda der Klause, vor der sich der Steingarten befand. Dort saßen sie etwa eine halbe Stunde, ohne auch nur ein Wort zu wechseln, und ließen ihre Blicke über die auf dem weißen, schönen Sand aufgestellten Steine schweifen.

Anschließend bummelten sie ziellos, einen Abstand von einem Meter zwischen einander, durch die Tempelanlage, in der die Kirschen noch nicht blühten.

Uomis Leidenschaft für Rumi war mittlerweile restlos erloschen. Ihre ungebildete Art ertrug er nicht mehr, und ihr ganzer Charakter widerte ihn an. Selbst ihre großen Augen dünkten ihn nun vulgär, und ihr schmeichlerischer Tonfall ging ihm auf die Nerven. Er begriff selbst nicht mehr, wie ihn diese Frau früher so hatte faszinieren können.

Rumi wußte genau, wie Uomi ihr gegenüber empfand. Doch nach drei Jahren des Zusammenlebens war sie weder seelisch noch körperlich in der Lage, sich von ihm zu lösen.

Ganz zu Anfang hatte Rumi ihn oft gedrängt, sie doch zu heiraten, aber das hatte sie längst aufgegeben. Ein dringenderes Problem als die Formalität einer Eheschließung ließ ihr keine Ruhe. Sie wollte um keinen Preis von Uomi verlassen werden. Dies allein beschäftigte sie ständig.

Doch an diesem Tag war Rumi ein wenig anders als sonst. Falls Uomis Liebe gänzlich erloschen war und nicht wieder entfacht werden konnte, sollte sie sich da nicht lieber von ihm trennen? Zwar war sie keineswegs sicher, ob sie auch wirklich dazu imstande wäre, doch mußte sie es um jeden Preis wenigstens versuchen.

Da Uomis Studentenzeit ohnehin bald vorüber sein würde, wollte sie, falls die Beziehung wirklich nicht mehr zu retten war, den Trennungsschmerz lieber schleunigst hinter sich bringen.

»Sei bitte ehrlich. Du brauchst keine Rücksicht zu nehmen. Du brauchst auch kein Mitleid mit mir zu haben. Ich möchte bloß wissen, was du wirklich für mich empfindest«, begann Rumi.

»Na sag schon! Liebst du mich oder liebst du mich nicht?«

»...«

Nicht schon wieder, dachte Uomi und schwieg. Wie oft, wie entsetzlich oft hatte sich dieses Frage-und-Antwort-Spielchen in diesen drei Jahren wiederholt! Doch um nichts in der Welt hätte er es je fertig gebracht, ihr klipp und klar zu sagen, er liebe sie nicht mehr. So was konnte man einfach nicht sagen, wenn man kein Herz aus Stein hatte. Schuld daran war natürlich seine Schwäche, aber gegen die drei Jahre des Zusammenlebens, die ihm auf der Seele lasteten, kam er nicht an.

»Liebst du mich? Liebst du mich nicht? – Ist gut, ich hör auf. Direkter, deutlicher gefragt: haßt du mich? Ja oder nein? Wenn du mich haßt, dann sag's doch, du haßt mich, ja? Du kannst es mir doch ruhig sagen. Du brauchst bloß zu nicken oder den Kopf zu schütteln. Was ist, haßt du mich?«

Uomi fiel auf, daß Rumi ungewöhnlich blaß und ernst war.

Erfüllt von einem seltsamen Widerwillen sah er sie an. Und im gleichen Augenblick sagte er zu seiner eigenen Überraschung entschieden:

»Ich hasse dich!«

Er erschrak.

»Aha«, sagte Rumi unheimlich ruhig.

Uomi spürte, wie sich etwas schrecklich Grausames,

dessen Existenz er bisher nicht einmal geahnt hatte, in seinem Innern tiefschwarz zusammenringelte.

Aus Rumis Lippen war das Blut gewichen, sie waren von einem seltsamen Weiß wie die Bauchseite eines Fisches. Uomi begriff sofort. Sie wird in Ohnmacht fallen, dachte er und streckte schleunigst den Arm aus, um sie zu stützen. Ihr ganzes Gewicht hing auf einmal in seinem Arm. Nach einer Weile sagte Rumi: »Schon gut«, machte leicht die Augen auf und löste sich ein wenig von ihm. Eine Weile kauerte sie sich hin, dann stand sie abrupt auf und lief, ohne sich auch nur nach ihm umzusehen, mit kurzen, unsicheren Schritten davon.

Das war's! dachte Uomi. Ähnliche Szenen hatte er zwar schon mehrfach erlebt, aber diesmal war da etwas gewesen, das ihn überzeugte, die Beziehung sei zu Ende.

Das war's jedenfalls! dachte er wieder. Daß er ungeachtet seiner inneren Schwäche so schreckliche, grausame Worte ausgestoßen hatte, fand er befremdlich, aber auch ein wenig befriedigend.

An diesem Tag verspürte er keine rechte Lust, in die Ein-Zimmer-Wohnung zurückzukehren, die er gemeinsam mit Rumi bewohnte. Er besuchte zwei, drei Freunde und stieg erst spätabends die Treppe zu seiner Wohnung hinauf.

Im Zimmer brannte kein Licht. Er knipste die Lampe an: Rumis Kleid und ihre Kimonos, die immer an der Wand gehangen hatten, waren verschwunden.

Rumi kehrte nicht zurück.

Lange Zeit konnte Uomi den schlechten Nachgeschmack nicht loswerden, aber er suchte nicht nach ihr. Irgendwann hörte er dann, sie sei jetzt Serviermädchen im Stadtteil Shinsaibashi in Ôsaka, und an

dem Abend, an dem er das erfuhr, trank er ein wenig
Sake und vergaß das Ganze.

Da waren ihm also diese beiden weit zurückliegenden
Ereignisse eingefallen, die zweifellos zu den wichtigsten seiner Vergangenheit gehörten.

In beiden Fällen gab ihm die Erinnerung einen leisen Stich. Zurück in seinem Heimatort auf Kyûshû
hatte Totsuka Daisuke bis kurz vor Kriegsende als Direktor einer Sakebrauerei angenehm und auf großem
Fuß gelebt. Als Uomi davon erfahren hatte, hatte er
gedacht, ein solches Leben sehe ihm durchaus ähnlich,
doch nach dem Krieg war Totsuka anscheinend an
einer Krankheit gestorben.

Von Rumi hatte er nie wieder gehört.

Nach all den Jahren betrat Uomi nun wieder die
alte Veranda der Klause vom Ryôanji. Und nun saß er
neben Mitsuko in einer Ecke der Veranda, so, wie er
damals neben Totsuka und später neben Rumi gesessen hatte.

»Was für ein herrlicher Garten ...«, war es Mitsuko
beim ersten Anblick entfahren, doch dann schwieg sie,
in den Anblick versunken.

Der Garten bestand zwar nur aus einer aus weißem
Sand geschaffenen Fläche, in deren Mitte ein paar
Steine aufgestellt worden waren, doch das Gefühl, daß
aus dieser schlichten Zusammenstellung etwas Strenges hervorging, berührte jeden Betrachter. Es war weniger etwas, das man mit den Begriffen »hübsch« oder
»schön« umreißen konnte, eher etwas aus einer höheren geistigen Welt.

»Gehen wir«, sagte Mitsuko plötzlich.

Sie schien Uomi in diesem Augenblick etwas blaß,
doch dachte er, das müsse wohl an seinen Augen lie-

gen, die lange auf den gleißenden, weißen Sand ge-
schaut hatten.

Seit sie die Tempelanlage betreten hatten, hatte sich
sein Gemüt in Erinnerung an die ferne Vergangenheit
verdüstert; nun, da sie den Ryôanji verlassen hatten
und den alten Weg an der überdachten Lehmmauer
entlangschlenderten, kehrte das heitere Glücksgefühl
zurück, das ihn bis gestern erfüllt hatte.

Im Grunde war sein Glück jetzt vollkommen. Ihm
zur Seite schritt seine junge, schöne Frau. Mitsuko war
viel hübscher als Rumi. Obendrein verfügte sie über
Bildung und Stil. Es war eine arrangierte Partie gewesen, und die Hochzeit lag gerade erst zehn Tage zurück, doch fühlte er sich restlos verliebt in diese junge
Frau. Diese Liebe war ruhiger, stiller, erfüllter, ganz
anders als damals, als er in Rumi vernarrt gewesen war.

»Ich bin ein wenig müde«, sagte Mitsuko auf einmal.

Wie sonst auch, war sie ein, zwei Meter hinter ihm
zurückgeblieben.

Uomi, der sich ab und zu nach ihr umsah und ihren
in der Tat schleppenden Gang bemerkte, quoll das
Herz über vor heftiger Liebe zu ihr. Als ihr Gemahl
trug er natürlich auch für ihre Erschöpfung die Ver-
antwortung. Hin und wieder blieb er stehen und wartete geduldig auf das reizende Wesen, das er durch
seine Liebesbeweise so erschöpft hatte.

Mitsuko war auffällig still.

»Fühlst du dich nicht gut?« fragte Uomi.

»Doch«, erwiderte sie bloß.

Ihrer Miene war jedoch anzusehen, daß sie irgend
etwas quälte.

Ursprünglich hatte Uomi vorgehabt, bis nach Kitano zu spazieren und von dort aus ein Taxi zu neh-

men, doch änderte er seinen Plan, und sie nahmen die Straßenbahn bis Kitano und winkten dort ein Taxi heran.

Zurück bei der Herberge schien es Mitsuko wieder einigermaßen gut zu gehen.

»Danke, daß du mich eigens begleitet hast. Ich bleibe besser hier, aber du kannst doch noch mal ausgehen«, meinte sie.

Da Uomi schon lange nicht mehr in Kyôto gewesen war, gab es viele Orte, die er aufsuchen wollte. Auch hatte er keine Lust, einen halben Tag in der Herberge zu verplempern, und beschloß daher, am Nachmittag noch einmal allein wegzugehen.

In Hiyashiyama-Shichijô stattete er seinem ehemaligen Professor K. einen Besuch ab. Professor K., den er in jungen Jahren mit allerlei Problemen belästigt hatte, war sichtlich gealtert, doch als er ihm gegenübersaß, spürte Uomi eine Vitalität, die nicht im geringsten nachgelassen hatte.

Der alte Professor führte zwei, drei Telefonate und bestellte S. und M. her, beide ehemalige Kommilitonen von Uomi. Dann waren sie im Haus des Professors zum Abendessen eingeladen, und als sie aufbrachen, war es schon kurz vor neun.

Als Uomi zur Herberge zurückkehrte, war Mitsuko nicht da. Eine unbestimmte Ahnung befiel ihn, als er ins Zimmer trat.

Auf dem Tisch in der Ecke erblickte er einen verschlossenen Brief, nahm ihn hastig und riß noch im Stehen den Umschlag auf.

Ich wollte Dir eine gute Ehefrau sein und mit Dir ein glückliches Leben führen, aber das bringe ich nun doch nicht fertig.

Seit unserer Hochzeit bis gestern hatte ich
eigentlich geglaubt, daß mir dies möglich sein
würde. Von Deiner Liebe umhegt, hatte
auch mein Herz Ruhe gefunden.
Doch heute, beim Anblick der eigenartig kalten
Schönheit des Steingartens vom Ryôanji, den
Du mir gezeigt hast, habe ich mich selbst
irgendwie verabscheut für den Kompromiß,
den ich eingegangen bin.
Innerlich habe ich eine Stimme vernommen,
die sagte, ich dürfe mich nicht einfach treiben lassen, ich dürfe keine Kompromisse eingehen.
Jener stille Garten aus Steinen und Sand hat meine
Schwäche von mir genommen und mich
unbarmherzig stark gemacht. Wollte der Garten-
baumeister an eine über das Leben hinausgehende
höhere Spiritualität appellieren, als er nur aus
Steinen und Sand einen Garten schuf?
Ein Leben mit Dir wäre für mich vielleicht die
glücklichste Lösung gewesen.
Aber ich muß mein Leben leben, auch wenn ich
dabei unglücklich werde. In meiner Vergangenheit
hatte ich eine kleine Liebesaffäre, die ich Dir
bisher verschwiegen habe; dafür bitte ich Dich
vielmals um Verzeihung.

Mehr stand nicht in dem Brief, und natürlich kam
Mitsuko an diesem Abend nicht zurück.

Der Hochzeitstag

Seit Karaki Shunkichi seine Frau Kanako verloren hatte, waren schon zwei Jahre vergangen. Ein Mann galt mit siebenunddreißig als noch jung, und da es heißt, kaum einer könne sein ganzes Leben über allein bleiben, wurde das Gespräch ab diesem Frühjahr immer öfter auf eine zweite Frau gebracht.

Shunkichi wehrte stets ab:

»Ach, das hat doch noch Zeit.«

Doch sagte er das nur, weil er die Gefühle der Leute nicht verletzen wollte, die schließlich eigens und in bester Absicht gekommen waren, um mit ihm darüber zu sprechen. Er selbst hatte nicht vor, sich ein zweites Mal eine Frau zu nehmen. Ihm stand nicht der Sinn danach, wieder zu heiraten, wie viele Jahre auch vergehen mochten. Darin zeigte sich etwas wie Liebe für seine verstorbene Frau Kanako. Nicht Liebe, nur etwas in der Art, er selbst hätte es nicht Liebe genannt. Wenn er an die kurzen fünf Jahre mit Kanako zurückdachte, hatte er eigentlich nicht das Gefühl, er habe sie sehr geliebt. Ihre schwatzhafte, rechthaberische Art war ihm oft auf die Nerven gegangen. Außerdem hatte sie sehr gewöhnlich ausgesehen, und wenn sie auch nicht gerade häßlich gewesen war, so hatte er sie doch nie schön gefunden. Da sie aus einer Handwerkerfamilie stammte, hatte sie über keinerlei gesellschaftlichen Schliff verfügt, und dieser Punkt hatte Shunkichi am meisten mißfallen. Auch seine Verwandtschaft hatte sie daher nicht mit offenen Armen empfangen.

»Bloß weil du mit Tante Kanako reingefallen bist, bringst du es jetzt nicht fertig, noch mal zu heiraten. Du Ärmster!« hatte seine jüngste Schwester, die keine Hemmungen hatte, auszusprechen, was ihr in den Sinn kam, einmal bemerkt.

Seine übrigen Geschwister und seine Eltern waren natürlich der gleichen Meinung, die im großen und ganzen auch von seiner Verwandtschaft und seinem Freundeskreis geteilt wurde.

Wenn man so will, sind es vielleicht gar keine schlechten Erfahrungen gewesen, überlegte Shunkichi. Daß er nicht wieder heiraten wollte, lag nicht an den Erfahrungen, die er mit Kanako gemacht hatte, sondern an dem Gefühl, ihr etwas schuldig, ihr gegenüber zu etwas verpflichtet zu sein. Das würde wohl niemand verstehen.

»Du, such dir diesmal eine ganz normale Frau. Sonst wird's ein trostloses Leben, du treibst ja auch nicht gerade viel Aufwand«, hatte er tatsächlich bei einer anderen Gelegenheit von derselben Schwester zu hören bekommen.

In ihren Worten lag eine ganz schön beißende Ironie.

Im Umgang mit Geld war Shunkichi nämlich schon fast zu vorsichtig und gab keinen Groschen unnötig aus, so daß er mitunter sogar seinen gesellschaftlichen Verpflichtungen nicht nachkam. Doch Kanako hatte ihm in diesem Punkt gewiß nicht nachgestanden. Sie war so haarsträubend geizig gewesen, daß manchmal selbst Shunkichi staunte, und ihre äußerst knauserige Art war hauptsächlich der Grund, warum sie von seiner Verwandtschaft so schlecht aufgenommen worden war. Doch es muß auch gesagt sein, daß sie bei Shunkichis Posten als Buchhalter in einer kleinen Bauholzfirma gar nicht mit dem Geld über die Runden gekommen wäre, wenn sie nicht an allen Ecken und Enden gespart hätte. Tatsache war, daß sie gar keinen Aufwand hätte treiben können. Wenn Shunkichi auf die fünf Jahre mit Kanako zurückblickte, brachte er es daher nicht fertig, ihr die Schuld zu geben, auch wenn ihm bewußt war, daß sie beide gewiß kein aufwendiges und manchmal vielleicht wirklich trostloses Leben geführt hatten, wie sich seine Schwester ausgedrückt hatte.

Der eigentliche Grund für seine Abneigung gegen eine zweite Ehe war, daß Shunkichi nicht glaubte, je wieder eine so sparsame Frau wie Kanako zu finden. Ihm war, als müsse es sie zutiefst kränken, wenn nun, nachdem sie so gespart und den Haushalt zusammengehalten hatte, eine gedankenlose Frau ins Haus käme und sich einfach bedienen würde nach der Devise, was man brauche, müsse man eben haben. Kanako täte ihm dann so leid, unerträglich leid.

»Ich habe Kanako halt doch geliebt«, sagte sich Shunkichi eines Abends allein in seiner Wohnung, nachdem er einen Freund verabschiedet hatte, der ihm eine Ehekandidatin hatte vorstellen wollen.

Er mußte daran denken, wie er in den fünf Jahren, die er mit Kanako in dieser Wohnung verbracht hatte, wenigstens an diesem einen Abend kurz vor ihrem Ende ihren kalten Körper mit einer auflodernden Liebe umfangen hatte. Ein rührendes, für ihn unersetzliches Wesen hatte er mit dem eigenen Körper gewärmt. Was sollte das sein, wenn nicht Liebe?

Und auf einmal, mit dem Gefühl von Distanz, mit dem man etwa den Lauf der Gezeiten beobachtet, erinnerte er sich an die schöne oder weniger schöne Hakone-Reise vor zwei Jahren.

Vor zwei Jahren war es gewesen. An diesem Tag war Karaki Shunkichi ein wenig aufgeregt aus der kleinen Bauholzfirma in seine Vorstadtwohnung zurückgekehrt. Als er die Tür aufgemacht und Kanako erblickt hatte, hatte er ein leicht mißmutiges Gesicht gezogen und mit gedämpfter Stimme gesagt:

»Wir haben zehntausend Yen gewonnen!«

Beim Abendessen hatte er dann im Schneidersitz mit ernster Miene dagesessen und stur geschwiegen.

Als Kanako hörte, daß sie zehntausend Yen gewonnen hatten, schaute sie zunächst verständnislos drein, doch als ihr klar wurde, daß es sich um eines der Lose handeln mußte, die von der M-Bank je tausend Yen Spareinlage ausgegeben wurden und von denen sie sechs erhalten hatten, war sie auf einmal wie verwandelt, und eine fröhliche Ausgelassenheit brach hervor.

»Gewonnen, zehntausend Yen! Aber das ist ja phantastisch.«

Nachdem sie ihrer Begeisterung Luft gemacht hatte, brach ein unablässiger Redeschwall aus ihr hervor. Anscheinend fürchtete sie, das Glück, das ihnen da in den Schoß gefallen war, könne sich auf der Stelle verflüchtigen, wenn sie aufhörte, darüber zu reden.

Shunkichi, der irgendwelchen düsteren Gedanken nachhing, wirkte eher noch niedergeschlagener als sonst. An das Glück, das sie so unvermutet heimgesucht hatte, konnte er noch nicht recht glauben, und die Angst ließ ihn nicht los, es könne ihnen jederzeit zwischen den Fingern zerrinnen. Er hatte die Gewinnnummer mit eigenen Augen überprüft und sie dann, da ihm das nicht genügte, auch noch am Bankschalter bestätigen lassen, so daß eigentlich kein Zweifel mehr bestehen konnte; dennoch war ihm, als dürfe er sich dem Rausch dieses Glücks nicht hingeben, solange er den Betrag von zehntausend Yen nicht wahrhaftig in Händen habe.

Fünfunddreißig Jahre hatte Shunkichi ein Leben geführt, in dem Glück überhaupt keine Rolle gespielt hatte, und er selbst hätte nicht im Traum erwartet, daß sich das je ändern würde.

»Fünftausend sparen wir, und für fünftausend Yen machen wir eine Reise. Auch wenn wir die ausgeben, bleibt uns immer noch die Hälfte.«

Unter allen Bewohnern des Mietshauses hatten nur sie keine Hochzeitsreise gemacht und in den ganzen fünf Jahren auch sonst nie eine besondere Reise unternommen; da sich Kanako immer genierte, wenn die Rede auf dergleichen kam, wollte sie nun, da sie unerwartet in den Besitz von zehntausend Yen gekommen waren, für die Hälfte des Geldes vor allen Dingen erst einmal verreisen. Was gäbe es für einen Riesenaufruhr unter den anderen Frauen im Mietshaus und wie würde man sie beneiden, wenn sie beide eine Nacht in einem Hotel in Hakone verbrächten! Bei der Vorstellung, wie die Leute, die sie gewöhnlich hinterrücks als Knauserer und Geizhälse beschimpften, dann das Maul aufsperren würden, wurde Kanako regelrecht schwindlig.

»Eine Reise? Fünftausend für einen einzigen Abend? So was Blödes! Frauen können einfach nicht mit Geld umgehen«, knurrte Shunkichi verärgert.

Kanakos Leichtsinn kam ihm vor wie eine Blasphemie gegen die Heiligkeit ihres Glücks. Wenn man so maßlose Pläne schmiedete, mußte sich das Glück ja auf der Stelle in Luft auflösen! Mit Glück war das sicher so eine Sache. Jedenfalls sollte man bescheidener sein.

»Noch wissen wir gar nicht, ob wir es überhaupt

kriegen. Also hör auf, irgendwelchen dummen Träumen nachzuhängen.«

»Aber wir haben es doch gewonnen.«

»Also gut, dann haben wir's halt gewonnen.«

»Dann kriegen wir das Geld doch auch.«

»Normalerweise kriegt man's schon, aber man sollte sich nicht drauf verlassen, bis man es auch wirklich hat.«

»Na so was!«

Kanako war unzufrieden mit ihrem Mann, bei dem so gar keine Fröhlichkeit aufkam. Und da ihr der Verdacht kam, er könne, wenn er die zehntausend Yen erst habe, möglicherweise die ganze Summe sparen wollen, statt sie ihr auszuhändigen, fügte sie hinzu:

»Die anderen sagen ständig, du seist schrecklich geizig, nur ich habe das nie von dir geglaubt. Wir würden es ja anders gar nicht schaffen. Aber wenn du es auch diesmal machst wie immer, werde ich meine Meinung ändern müssen.«

»Von wem redest du eigentlich?«

Was sind doch die Weiber blöd, dachte Shunkichi. Doch wehrte oder rechtfertigte er sich nicht weiter. Beim Gedanken an die fünf langen Tage, die es dauern würde, bis er die zehntausend Yen wirklich in Händen hatte, zweifelte er, ob er die Ungewißheit überhaupt würde ertragen können, und wie ein Tier, das sich in einer dunklen Höhle versteckt, verkroch er sich in seine wirren Gedanken, mit denen er allein war und in denen sich abgrundtiefe Angst und Hoffnung mischten.

Aber das zum Greifen nahe Glück stieß Karaki Shunkichi tatsächlich zu. Am Bankschalter erhielt er zehntausend Yen, und nachdem er sich vergewissert hatte, daß dieses Glück auch wirklich ihm widerfahren war, schmiedete er sogleich Pläne, wie er über das Geld verfügen wollte.

Im Grunde kam ihm derselbe Einfall, den Kanako zuvor geäußert hatte, nämlich fünftausend Yen erst mal zu sparen und für fünftausend Yen eine Reise zu machen. Unwillkürlich stellte er sich die Gesichter seiner Kollegen aus der Firma vor, die ihn normalerweise nicht wie ihresgleichen behandelten, und die Mienen seiner ganzen Verwandten, die ihn nur schlechtmachten und sagten, er komme seinen Verpflichtungen nicht nach. Denen werd' ich's zeigen, dachte er.

Daß ihnen auf einmal die unvorstellbare Summe von zehntausend Yen in den Schoß gefallen war, hatten sie doch nur der Tatsache zu verdanken, daß sie aus seinem mageren Monatslohn sechstausend Yen zusammengekratzt, sich das Geld regelrecht vom Mund abgeknapst und es in ein Depot getan, es in ein Sparguthaben eingezahlt hatten. Selbst wenn sie fünftausend ausgaben, blieben ihnen ja immer noch fünftausend! Was würden die anderen Augen machen!

Zum ersten Mal kehrte er beschwingt in die Wohnung zurück. Er zog zehn Tausend-Yen-Scheine aus der Tasche, blätterte sie vor Kanako auf den Tisch und sagte:

»Am Fünfzehnten ist unser Hochzeitstag, zufällig gerade ein Sonntag, wollen wir da nicht von Sonntag auf Montag nach Hakone fahren und uns dort zwei schöne Tage machen?«

Aber Kanako brummte nur: »Na ja« und schien eine Weile in tiefes Nachdenken versunken. Dann teilte sie die Banknoten in zwei Haufen, starrte sie unverwandt an und sagte:

»Für einen einzigen Abend fünftausend Yen auszugeben finde ich irgendwie schade. Wenn ich bloß dran denke, wie schwer es wäre, das vom Lohn zusammenzusparen! Wollen wir es nicht lieber auf die hohe Kante legen?«

Die heitere Ausgelassenheit, die sie bis gestern erfüllt hatte, war in dem Augenblick verflogen, in dem sie die zehntausend Yen vor sich sah, und hatte nüchternem Kalkül Platz gemacht.

»Aber du hast doch davon angefangen.«

»Meinetwegen, bloß kann ich Geld nicht einfach so mit vollen Händen ausgeben, wenn ich dran denke, wie schwer wir es bisher gehabt haben. Fünftausend Yen für einen einzigen Abend!«

»Aber wir hätten dann doch immer noch fünftausend!«

»Ja und, sonst hätten wir eben noch zehntausend. Futsch, an einem einzigen Abend, das wär' doch schad'!«

»Sei nicht so geizig, das ist es doch, was die Leute an dir auszusetzen haben.«

»Sollen die Leute doch reden, was sie wollen.«

Dann gerieten sie sich ein wenig in die Haare. Doch sosehr sie auch stritten, es herrschte doch eine ungewöhnlich gelöste Stimmung. Und schließlich wurde beschlossen, fünftausend Yen zu sparen und bei den restlichen fünftausend Yen so zu tun, als habe es sie nie gegeben, und dafür eine Reise mit Übernachtung nach Hakone zu unternehmen.

Vom Ende des Abendessens bis zum Schlafengehen redeten die beiden von nichts anderem mehr.

Es war der 15. November, der fünfte Hochzeitstag von Shunkichi und Kanako.

An diesem Morgen stand Kanako um vier Uhr früh

auf und machte sich unter Geklapper an der Kochstelle im Flur des Mietshauses daran, ein Picknick zuzubereiten, das sie an diesem Tag in den Bergen von
Hakone essen würden.

Shunkichi hatte vorgeschlagen, irgendwo ein ferti-
ges Picknick zu kaufen oder ein Eintopfgericht zu
essen, wenn sie schon mal eine Reise machten, aber
Kanako hatte darauf bestanden, es sei gescheiter, von
Zuhause Sushi oder dergleichen mitzunehmen, statt
für das Mittagessen teures Geld auszugeben, mit dem
sie sich lieber im Hotel einen schönen Abend machen
sollten.

Schließlich hatte auch Shunkichi dies eingesehen,
doch da sich Kanako irgendwie vor den Wohnungs-
nachbarn genierte, am Abend zuvor an der gemein-
schaftlichen Kochstelle das Picknick für den folgenden
Tag zuzubereiten, stand sie lieber am Tag der Abreise
im Morgengrauen auf.

Sie tat wahrhaftig gut daran, sich nicht den Blicken
der Leute auszusetzen, denn die Hakone-Reise von
Shunkichi und Kanako war zum Gesprächsthema des
ganzen Mietshauses geworden. Kanako hatte tagtäg-
lich bis zur Abreise damit aufgeschnitten, und so war
diese Reise nach Hakone zur Feier des Hochzeitstages
für die Nachbarn allmählich zum bedeutendsten Er-
eignis seit Kriegsende geworden, so daß es sogar ihr
selbst peinlich wurde.

Wenn sie nur einen Fuß aus der Tür setzte, bekam
sie von den Frauen, die scharenweise auf sie gelauert
hatten, Sprüche zu hören wie »Morgen ist es soweit,
oder?« und »Na denn, alles Gute!«, in denen sich
Neid, Mißgunst und Hohn mischten.

Um acht Uhr früh bestiegen sie den Zug nach Nu-
mazu. Der Waggon war zum Glück leer, so daß Shun-

kichi und Kanako zwei gegenüberliegende Fenster-
plätze kriegen konnten.

Hinter Ōfuna gab ihnen die Landschaft draußen
vor dem Zugfenster das Gefühl, daß sie die Großstadt
endlich hinter sich hatten. In der reinen, klaren Luft
leuchteten Häuser, Straßen, Hügel und Felder in
den Strahlen der kalten winterlichen Sonne in zarten
Farben. Die Zitrusbäume, deren Zweige sich unter
der gelben Last bogen, die Persimonenbäume voll
orangefarbener Früchte, das helle Bambusdickicht,
die Strohdächer, die Dorfkinder in ihren Kimonos,
die Hände unter die Achseln gesteckt, das blaue Meer,
die zum Meer hin steil abfallenden Klippen, all dies
sprang in Kanakos Blickfeld und verschwand auf der
Stelle hinter ihrem Rücken. Jedesmal jubelte sie innerlich auf. Gebannt betrachtete sie die Landschaft
draußen vor dem Fenster und wandte kein Auge von
ihr.

Als sie an einem Bahnhof hielten, schob Shunkichi
das Fenster auf, um Mandarinen und Limonade zu
kaufen.

»Laß doch, ist doch bloß rausgeschmissenes Geld«,
protestierte Kanako.

Sie hatte ihren Spaß auch ohne Mandarinen oder
Limonade. Solche Dinge würden ihr gegenwärtiges
Vergnügen nicht im geringsten steigern.

Shunkichi fand zwar, sie hätten ja schließlich
fünftausend Yen, teilte aber im Grunde ihre Ansicht.
Er selbst hatte keinen großen Durst, und eigentlich
hatte er es nur vorgeschlagen, weil er mal Geld ausgeben wollte; bis auf die Zugfahrkarten hatte er ja noch
gar nichts gekauft.

In Odawara verließen sie den Zug. Kanako maß alle
Fahrgäste, die nicht ausstiegen, mit einem halb ver-

ächtlichen, halb mitleidigen Blick. In einem seltsamen Gang, den wohl nur Leute an sich hatten, die eine Reise mit Übernachtung zu den heißen Quellen unternahmen, und der ihr selber ulkig vorkam, stieg sie die Bahnsteigtreppe hinunter, dann eine andere Treppe hinauf und begab sich zur Bahn nach Hakone. Der Schaffner, die Fahrgäste, die Bahnhofsbuden und die Verkäuferinnen, alles war in ihren Augen bedeutsam und voller Leben.

Wenig später ertönte ein bezauberndes Klingeln, eine übermächtige Ergriffenheit ließ Kanako erbeben, und von wundersamem Glanz erfüllt setzte sich die Bahn in Richtung der Berge von Hakone in Bewegung.

Als Shunkichi und Kanako an einer kleinen Haltestelle nahe der Endstation der Bergbahn ausstiegen, war es ein Uhr. Da ihnen noch eine Stunde blieb, bis der Bus nach Motohakone fuhr, setzten sie sich in eine kleine Teestube vor dem Bahnhof und aßen zu Mittag. Aus einem Tragetuch aus rotem Seidenkrepp holte Kanako zwei Picknickschachteln hervor. Darin lagen neben in getrocknete Algen gewickelten Reisröllchen rot eingemachter Ingwer und süßes Omelett. Nachdem sie dies aufgegessen hatten, schälten sie die hartgekochten Eier, die Kanako ebenfalls am Morgen in der Küche des Mietshauses vorbereitet hatte.

Kanako wollte einige Postkarten haben, die es im Laden gab, aber Shunkichi war dagegen:

»Wenn du schon welche kaufst, nimm welche vom Hotel, wo wir heute übernachten.«

»Stimmt, welche vom Hotelbad mit den heißen Quellen drauf wären schick.«

Da die Postkarten eigentlich als Mitbringsel für die Nachbarinnen gedacht waren und Kanako glaubte,

Karten vom Hotel seien sicher noch eindrucksvoller, verschob sie den Kauf auf später.

Shunkichi wiederum hatte im Ladenregal eine Reihe Whiskeyfläschchen erspäht und wollte eines kaufen, aber diesmal war Kanako dagegen:

»Das wollen wir uns fürs Abendessen aufheben, dann genehmige ich mir auch einen Schluck.«

Schließlich hatten sie also nur den Tee zu bezahlen, dann bestiegen sie den Bus nach Motohakone. Sie wollten die Nacht in einem kleinen Thermalort an der Strecke verbringen, am folgenden Vormittag den Ashinoko-See besichtigen und dann am Nachmittag mit dem Bus über den Jukkoku-Paß nach Atami fahren.

Im Bus wurde ihnen klar, daß sie viel zu früh im Hotel eintreffen würden, und so beschlossen sie, etwa zwei Stationen vorher auszusteigen und von dort aus zu Fuß bis zu dem Dorf zu gehen, in dem das Hotel stand.

An einer Haltestelle auf einem einsamen Bergrücken, auf dem weit und breit kein Haus und keine Menschenseele zu sehen waren, stiegen sie aus. Seite an Seite schritten sie auf der beschwerlichen, mit Geröll übersäten Landstraße nebeneinander her. Mal kamen sie durch einen Zedernhain, dann öffnete sich der Blick plötzlich wieder, und der Weg folgte dem sanften Auf und Ab der Hügel.

Ein kalter Wind blies, aber das Laufen hielt sie warm. Und die schräg einfallenden Strahlen der stillen Sonne beschienen die weiße Landstraße und die beiden Menschen, die dort nebeneinander hergingen.

Der Weg tauchte in ein Zedernwäldchen ein und gabelte sich. Shunkichi meinte, der rechte Weg, der am Fuß des Berges entlangführte, sei eine Abkürzung, und Kanako behauptete, die Landstraße, auf der der

Bus verkehrte, sei kürzer. Jedenfalls mußten sich die beiden Wege nach ein paar hundert Metern wieder treffen.

»Geh du da lang. Ich probiere mal diesen Weg aus«, schlug Shunkichi vor.

»Ist gut. Ich bin bestimmt schneller. Auf der großen Straße komme ich sicher besser vorwärts, selbst wenn es ein Umweg ist«, nahm Kanako die Herausforderung an.

Übermut hatte die beiden zu dieser albernen kleinen Wette verleitet.

Als Shunkichi jenseits des Zedernwäldchens verschwunden war, schrie ihm Kanako wie ein kleines Mädchen nach:

»Rennen gilt nicht!«

Dann fing sie freilich selbst fast zu rennen an. Und wenig später hatte sie die Einmündung erreicht. Shunkichi war nirgends zu sehen.

Kanako setzte sich auf einen Stein am Wegrand und wartete. Zehn Minuten verstrichen, dann zwanzig, aber von Shunkichi war immer noch nichts zu sehen.

Nun fing sie an, sich Sorgen zu machen, wollte ihm entgegengehen und lief daher den Pfad am Fuß des Berges zurück, auf dem er kommen mußte. Sie war schon über einen halben Kilometer gelaufen, und der Weg führte noch immer am Berg entlang. Also machte sie kehrt, lief zur selben Stelle zurück und wartete abermals zwanzig Minuten.

Als sie aufsah, war die Sonne bereits untergegangen, und ein eisiger Wind strich heran und rauschte im Dickicht der Bäume.

Angsterfüllt legte Kanako die Hände an den Mund und rief in alle Richtungen:

»Shunkichi!«

Dann lauschte sie angestrengt, aber sie vernahm aus der Ferne nur das Echo der eigenen Stimme, und von nirgendwoher kam Antwort.

Halb von Sinnen vor Sorge rannte sie den Weg zurück, den sie gekommen war. Und als sie die Stelle erreichte, an der sie sich von Shunkichi getrennt hatte, stand er da, verfroren und mit hochgeklapptem Mantelkragen.

»Wo hast du eigentlich gesteckt?« fauchte Kanako.

Erleichterung und Ärger kamen gleichzeitig in ihr hoch.

»Und du, was hast du derweil getrieben?« gab Shunkichi, ebenfalls in bissigem Tonfall, zurück.

Es stellte sich heraus, daß Shunkichi an einer anderen Einmündung gewartet hatte, die noch ein paar hundert Meter hinter der Stelle lag, die Kanako für den Punkt gehalten hatte, an dem sich die Wege treffen.

»Nicht zu fassen, deinetwegen bin ich völlig fertig«, schimpfte Shunkichi.

Da er Kanako nicht hatte finden können, war er auf der Landstraße bis zum Ausgangspunkt zurückgelaufen und hatte so alles in allem über zwei Kilometer zurückgelegt.

»Du warst es doch, der diesen Blödsinn vorgeschlagen hat. Ich, ich bin völlig fertig.«

Auch Kanako kochte vor Wut.

Beide waren durchgeschwitzt und froren nun, da sie stehengeblieben waren, in der bitteren Kälte. Eine Weile standen sie sich am Straßenrand wie Todfeinde gegenüber und zitterten.

Aber so konnte es nicht weitergehen. Nach etwa zehn Minuten legte sich die Gereiztheit, und beide schlurften, müde die Füße hinter sich herziehend, nebeneinanderher zur nächsten Bushaltestelle. Die Aussicht auf das gemeinsame Vergnügen, bald ins Hotel zu kommen und in ein heißes Quellbad einzutauchen, besänftigte die erhitzten, unterkühlten Gemüter.

Ein Kollege aus der Firma hatte das Hotel empfohlen, aber es war bei weitem prachtvoller, als sie es sich vorgestellt hatten. Von dem Augenblick an, in dem sie den weiträumigen Eingangsbereich betraten, befiel Kanako eine eigenartige Unruhe.

Nachdem man sie über einen makellos gebohnerten, langen Korridor, der aussah, als könne man leicht unversehens ausrutschen, in ein ruhig gelegenes Zimmer geführt hatte, stand sie mit dem Bündel in der Hand am Fenster und betrachtete den Berghang hinter dem Haus.

Eine seltsame Ängstlichkeit hatte sich ihrer bemächtigt, von der sie selbst nicht sagen konnte, wodurch sie hervorgerufen wurde, doch war ihr alles andere als wohl zumute, soviel war jedenfalls klar.

»Das muß doch teuer sein hier, so prächtig, wie's ist«, wandte sie sich an Shunkichi, der ebenfalls ans Fenster getreten war.

»Aber er hat doch gemeint, es sei preiswert, deshalb sind wir hier.«

»Was heißt das schon, preiswert, da gibt's große Unterschiede. Wo's hier doch so prächtig ist.«

Die neuen Tatami, der rotlackierte Spiegelständer, der Tisch aus Rosenholz, die auffallend luxuriösen Sitzkissen, der elegante Kleiderständer – all diese Gegenstände sah Kanako der Reihe nach mißtrauisch an. Ihr waren sie suspekt, als ob sie ihr auflauerten und es eindeutig auf die Geldscheine in ihrer Börse abgesehen hatten.

Shunkichi, der nachfühlen konnte, was in ihr vorging, sagte großzügig:

»Wir haben fünftausend Yen, ist doch recht!«

»Mag ja sein! Aber wenn sie uns die Hälfte abknöpfen, ist das immer noch ein Haufen Geld.«

»In einem Thermalbad sind die Preise eben so, da kann man nichts machen«, meinte Shunkichi.

Und Kanako, mürrisch:

»Irgendwie habe ich keine Lust mehr, hier zu übernachten.«

Plötzlich hob sie den Kopf:

»Du, hauen wir ab! Noch können wir hier ohne weiteres verschwinden.«

Mit diesen Worten war sie schon zur Tür hinaus. Shunkichi blieb keine Zeit, sie zu besänftigen oder ihr zu widersprechen.

Doch als sie, verabschiedet von einem verdutzt dreinschauenden Zimmermädchen, wieder auf der Straße standen, fiel auch ihm ein Stein vom Herzen. Er dachte nicht daran, Kanako ihr bizarres Benehmen vorzuwerfen. Jedenfalls waren die fünftausend Yen in seiner inneren Hosentasche hiermit erst mal von einem fließenden in einen ruhenden Zustand zurückgekehrt.

»Ich finde es blöd, so viel Geld für die Übernachtung auszugeben«, meinte Kanako.

So gesehen mußte Shunkichi ihr beipflichten.

»Aber übernachten müssen wir irgendwo. Fahren wir doch mal raus nach Motohakone«, schlug er vor.

Und sie:

»Wir müssen ja nicht gerade fünftausend Yen ausgeben, suchen wir uns doch eine kleinere, nettere Unterkunft.«

In diesem Augenblick kam eben der Bus nach Motohakone, und sie stiegen ein. Nach etwa zwanzig Minuten Fahrt kam der in kühlem Blau leuchtende Ashinoko-See in Sicht, groß wie das Meer. Kanako riß die Augen auf:

»Meine Güte, das ist ja phantastisch. Laß uns am Seeufer übernachten. Heiße Quellen oder so brauchen wir nicht.«

Doch als sie ausgestiegen waren, setzte sich Shunkichi eine Weile auf die Bank im Wartehäuschen und studierte den Busfahrplan. Die Idee, daß sie es mit dem letzten Bus bis zurück nach Tôkyô schaffen könnten, war unvermutet in einem Winkel seines Kopfes aufgeblitzt, und Shunkichi fühlte, wie sie anfing, ihn sogleich wie aufziehende Gewitterwolken zu erfüllen. Die Sorge um die fünftausend Yen in seiner Innentasche begann, von Kanako geschürt, nun auch ihm hartnäckig zuzusetzen.

»Fahren wir lieber heim nach Tôkyô!« sagte Shunkichi zu Kanako.

»Aber das wäre doch jammerschade. Wo wir extra hergekommen sind!«

Sie schien besser gelaunt zu sein, seit sie den See vor sich sah, jedenfalls schien sie sich wieder einigermaßen wohl in ihrer Haut zu fühlen.

»Wir können jetzt sowieso nur noch zu Abend essen und schlafen«, wandte Shunkichi ein.

Eine Reihe von Banknoten hinzublättern, bloß um in einem Hotel zu Abend zu essen und auf einem Futon zu schlafen, kam ihm tatsächlich schrecklich unsinnig vor.

»Na ja, ist schon wahr.«

Kanako überlegte einen Moment, dann sagte sie entschlossen:

»Gut, fahren wir heim.«

Nur fürs Essen und Schlafen viel Geld aus dem Fenster zu werfen, schien nun auch ihr eine entsetzliche Verschwendung. Mit dem Geld für die Übernachtung könnte sie Wolle und Sandalen kaufen.

In einer halben Stunde würde der letzte Bus kommen, mit dem sie die Bahn nach Odawara erreichen könnten. Mit der Bahn würden sie den Anschluß zum Zug nach Tôkyô schaffen, der etwa um elf Uhr in Odawara abfuhr.

Nachdem diese Frage geklärt war, wurde die Stimmung gelöst und heiter. In einem Lokal in der Nähe wärmten sie sich mit einer heißen Nudelsuppe auf, dann spazierten sie über die Landungsbrücke, die in den See hinausragte und an der tagsüber die Dampfschiffe an- und ablegten.

Auf dem dämmerigen See war kein Boot unterwegs, und kalte Rippeln liefen über die blauschwarze Oberfläche wie Seidenkrepp. Die Sonne war untergegangen, und ein eisiger Wind wehte. Seit sie beschlossen hatten, nach Tôkyô zurückzukehren, verschlang Kanako die Landschaft um sie herum mit den Augen.

»Meine Güte, ist das nicht wunderschön«, rief sie ein über das andere Mal und ließ ihre Blicke mal hierhin, mal dorthin schweifen, dann wollte sie wissen:

»Wie kalt ist wohl der Ashinoko?«

Mit diesen Worten lief sie ans Wasser, wo die Mietboote angebunden waren, kauerte sich hin und tauchte die Hand in den See. Shunkichi fand sie kindlich und reizend wie ein Schulmädchen.

Kanako hatte Cremeschnitten gekauft, die sie im Bus aßen, dann nahmen sie den späten Zug nach Tôkyô. Auf der Fahrt von Odawara bis Tôkyô sprach keiner ein Wort, beide lehnten erschöpft und mit geschlossenen Augen am Fenster wie erschlagen.

Von Odawara bis Yokohama schlummerte Kanako ein und atmete im Schlaf leicht und regelmäßig, und von Yokohama bis zum Bahnhof Tôkyô schlief Shunkichi und schnarchte gewaltig.

Es war kurz vor Mitternacht, als sie in ihre Wohnung zurückkehrten. Wie abgesprochen schlichen sie auf leisen Sohlen die Treppe hinauf. Das Zimmer, das sie am Morgen desselben Tages verlassen hatten und das sie gewöhnlich armselig dünkte, erschien ihnen jetzt unsäglich heimelig und wohnlich.

Sie füllten sich die leeren Mägen mit eingemachtem Gemüse und kaltem Reis und legten ihre müden Knochen sogleich ins Bett.

»Tut mir leid, das mit dem Hotel heute«, flüsterte Kanako eine seltene Entschuldigung. »Aber wir können immer noch zehntausend Yen aufs Konto einzahlen«, und kaum hatte sie das gesagt, lag sie schon, sichtbar völlig entkräftet, in tiefem Schlummer.

Shunkichi selbst fand lange keinen Schlaf, vielleicht war er zu erschöpft. Vor seinen müden Augen flackerten immer wieder Bilder auf von der weißen Straße am Bergrücken im eisigen Wind und vom kalten Blau des Sees und erloschen wieder. Sonst sah er nichts.

Plötzlich wurde ihm bewußt, daß Kanakos Körper von eisiger Kälte durchdrungen war. So kalt, als sei nichts mehr zu machen. Shunkichi preßte sie fest an sich und wärmte so seine tief schlafende Frau mit der Wärme seines eigenen Körpers. Seine Mitstreiterin, die mit ihm den ganzen Tag in den Bergen von Hakone herumgelaufen war und ständig gegen irgend etwas angekämpft hatte, rührte ihn auf einmal auf bisher nie empfundene, herzzerreißende Weise.

Inhalt

suhrkamp taschenbücher
Eine Auswahl

Isabel Allende
- Das Geisterhaus. Roman. Übersetzt von Anneliese Botond. st 1676. 501 Seiten
- Mayas Tagebuch. Roman. Übersetzt von Svenja Becker. st 4444. 444 Seiten
- Die Insel unter dem Meer. Roman. Übersetzt von Svenja Becker. st 4290. 552 Seiten
- Inés meines Herzens. Roman. Übersetzt von Svenja Becker. st 4035. 394 Seiten
- Fortunas Tochter. Roman. Übersetzt von Lieselotte Kolanoske. Gebunden. st 4383. 705 Seiten
- Paula. Übersetzt von Lieselotte Kolanoske. st 2840. 496 Seiten
- Das Siegel der Tage. Roman. Übersetzt von Svenja Becker. st 4126. 409 Seiten

Maya Angelou
- Ich weiß, warum der gefangene Vogel singt. Übersetzt von Harry Oberländer. st 4897. 321 Seiten

Friedrich Ani
- Der namenlose Tag. Roman. st 4720. 298 Seiten
- Ermordung des Glücks. Ein Fall für Jakob Franck. Roman. st 4931. 316 Seiten

Gerbrand Bakker
- Oben ist es still. Roman. Übersetzt von Andreas Ecke. st 4142. 315 Seiten

NF 266 / 1 / 01.19

Joanna Bator
– Sandberg. Roman. Übersetzt von Esther Kinsky. st 4404.
  492 Seiten
– Wolkenfern. Roman. Übersetzt von Esther Kinsky. st 4574.
  499 Seiten

Jurek Becker
– Bronsteins Kinder. Roman. st 1517. 302 Seiten
– Jakob der Lügner. Roman. st 774. 288 Seiten

Louis Begley
– Lügen in Zeiten des Krieges. Roman. Übersetzt von Christa
  Krüger. st 2546. 223 Seiten. Großdruck: st 4092. 310 Seiten
– Ehrensachen. Roman. Übersetzt von Christa Krüger.
  st 3998. 444 Seiten
– Schmidts Einsicht. Roman. Übersetzt von Christa Krüger.
  st 4415. 415 Seiten

Thomas Bernhard
– Alte Meister. Komödie. st 1553. 310 Seiten
– Auslöschung. Ein Zerfall. st 1563. 651 Seiten
– Heldenplatz. st 2474. 176 Seiten
– Holzfällen. Eine Erregung. st 1523. 336 Seiten
– Städtebeschimpfungen. Herausgegeben von Raimund
  Fellinger. st 4074. 178 Seiten

Peter Bichsel
– Kindergeschichten. st 2642. 86 Seiten
– Über Gott und die Welt. Schriften zur Religion.
  Herausgegeben von Andreas Mauz. st 4154. 288 Seiten

Lily Brett
– Lola Bensky. Roman. Übersetzt von Brigitte Heinrich.
  st 4470. 302 Seiten

– Chuzpe. Roman. Übersetzt von Melanie Walz. st 3922.
334 Seiten

Jaume Cabré
– Die Stimmen des Flusses. Roman. Übersetzt von Kirsten
Brandt. st 4049. 666 Seiten

Truman Capote
– Die Grasharfe. Roman. Übersetzt von Annemarie Seidel
und Friedrich Podszus. st 1796. 208 Seiten

Paul Celan
– Die Gedichte. Kommentierte Gesamtausgabe in einem
Band. Herausgegeben und kommentiert von Barbara
Wiedemann. st 3665. 1000 Seiten

Marguerite Duras
– Der Liebhaber. Übersetzt von Ilma Rakusa. st 4507.
143 Seiten

Hans Magnus Enzensberger
– Herrn Zetts Betrachtungen, oder Brosamen, die er fallen
ließ, aufgelesen von seinen Zuhörern. st 4553. 226 Seiten
– Hammerstein oder Der Eigensinn. Eine deutsche
Geschichte. st 4095. 378 Seiten
– Versuche über den Unfrieden. st 4626. 183 Seiten
– Gedichte 1950-2020. st 5013. 250 Seiten

Laura Esquivel
– Bittersüße Schokolade. Roman. Übersetzt von Petra Strien.
st 2391 und it 4030. 278 Seiten

Elena Ferrante
– Meine geniale Freundin. Übersetzt von Karin Krieger.
Roman. st 4930. 488 Seiten

- Die Geschichte eines neuen Namens. Übersetzt von Karin Krieger. Roman. st 4952. 704 Seiten
- Die Geschichte der getrennten Wege. Übersetzt von Karin Krieger. Roman. st 4953. 640 Seiten

Candice Fox
- Hades. Thriller. Übersetzt von Anke Caroline Burger. Herausgegeben von Thomas Wörtche. st 4838. 341 Seiten
- Eden. Thriller. Übersetzt von Anke Caroline Burger. Herausgegeben von Thomas Wörtche. st 4861. 473 Seiten
- Fall. Thriller. Übersetzt von Anke Caroline Burger. Herausgegeben von Thomas Wörtche. st 4927. 470 Seiten

Philippe Grimbert
- Ein Geheimnis. Roman. Übersetzt von Holger Fock und Sabine Müller. st 3920. 154 Seiten

Peter Handke
- Immer noch Sturm. st 4323. 165 Seiten
- Mein Jahr in der Niemandsbucht. Ein Märchen aus den neuen Zeiten. st 3887. 628 Seiten
- Die morawische Nacht. Erzählung. st 4108. 560 Seiten
- Wunschloses Unglück. Erzählung. st 3287. 96 Seiten

Marie Hermanson
- Der Mann unter der Treppe. Roman. Übersetzt von Regine Elsässer. st 3875. 269 Seiten
- Muschelstrand. Roman. Übersetzt von Regine Elsässer. st 3390. 304 Seiten

Hermann Hesse
- Der Steppenwolf. Roman. st 175. 288 Seiten
- Siddhartha. Eine indische Dichtung. st 182. 128 Seiten
- Narziß und Goldmund. Erzählung. st 274. 320 Seiten

– Mit der Reife wird man immer jünger. Betrachtungen und
  Gedichte über das Alter. st 3551. 192 Seiten

Reginald Hill
– Rache verjährt nicht. Roman. Übersetzt von Ulrike Wasel
  und Klaus Timmermann. st 4473. 683 Seiten

Uwe Johnson
– Jahrestage. Aus dem Leben von Gesine Cresspahl. 4 Bände.
  st 4455. 2150 Seiten

James Joyce
– Ulysses. Roman. Übersetzt von Hans Wollschläger. st 3816.
  987 Seiten

Daniel Kehlmann
– Ich und Kaminski. Roman. st 3653. 174 Seiten

Sibylle Lewitscharoff
– Apostoloff. Roman. st 4180. 248 Seiten
– Blumenberg. Roman. st 4399. 220 Seiten
– Montgomery. Roman. st 4321. 346 Seiten

Nicolas Mahler
– Alice in Sussex. Frei nach Lewis Carroll und
  H.C. Artmann. Graphic Novel. st 4386. 143 Seiten
– Thomas Bernhard: Alte Meister. Komödie. Gezeichnet von
  Mahler. Graphic Novel. st 4579. 158 Seiten
– Der Mann ohne Eigenschaften. Nach Robert Musil.
  Graphic Novel. st 4483. 156 Seiten

Andreas Maier
– Das Haus. Roman. st 4416. 165 Seiten
– Onkel J. Heimatkunde. st 4261. 132 Seiten
– Bullau. Versuch über Natur. st 3947. 127 Seiten

– Wäldchestag. Roman. st 3381. 315 Seiten
– Das Zimmer. Roman. st 4303. 203 Seiten

Adrian McKinty
–Der katholische Bulle. Roman. Übersetzt von Peter
   Torberg. st 4523. 384 Seiten

Robert Menasse
– Die Hauptstadt. Roman. st 4920. 459 Seiten
– Die Vertreibung aus der Hölle. st 4863. 729 Seiten

Patrick Modiano
– Eine Jugend. Roman. Übersetzt von Peter Handke. st 4615.
   187 Seiten
– Die Gasse der dunklen Läden. Roman. Übersetzt von
   Gerhard Heller. st 4617. 160 Seiten
– Villa Triste. Roman. Übersetzt von Walter Schürenberg.
   st 4616. 142 Seiten

Cees Nooteboom
– Allerseelen. Roman. Übersetzt von Helga van Beuningen.
   st 3163. 440 Seiten
– Briefe an Poseidon. Übersetzt von Helga van Beuningen.
   st 4494. 224 Seiten
– Schiffstagebuch. Ein Buch von fernen Reisen. Übersetzt
   von Helga van Beuningen. st 4362. 283 Seiten

Amos Oz
– Eine Geschichte von Liebe und Finsternis. Roman.
   Übersetzt von Ruth Achlama. st 3788 und st 3968.
   828 Seiten
– Judas. Roman. Übersetzt von Mirjam Pressler. st 4670. 331
   Seiten
– Unter Freunden. Übersetzt von Mirjam Pressler. st 4509.
   215 Seiten

Andreas Pflüger
– Endgültig. Thriller. st 4770. 458 Seiten
– Niemals. Thriller. st 4940. 475 Seiten

Marcel Proust
– Auf der Suche nach der verlorenen Zeit. 3 Bände in
  Kassette. Übersetzt von Eva Rechel-Mertens. st 4830.
  5200 Seiten

Ralf Rothmann
– Der Gott jenes Sommers. Roman. st 4959. 260 Seiten
– Im Frühling sterben. Roman. st 4680. 233 Seiten

Judith Schalansky
– Atlas der abgelegenen Inseln. Fünfzig Inseln, auf denen ich
  nie war und niemals sein werde. st 5002. 240 Seiten
– Blau steht dir nicht. Matrosenroman. st 4284. 139 Seiten
– Der Hals der Giraffe. Bildungsroman. st 4388. 222 Seiten

Andrzej Stasiuk
– Die Welt hinter Dukla. Roman. Übersetzt von Olaf Kühl.
  st 3391. 176 Seiten
– Hinter der Blechwand. Roman. Übersetzt von Renate
  Schmidgall. st 4405. 349 Seiten

Uwe Tellkamp
– Der Eisvogel. Roman. st 4161. 318 Seiten
– Der Turm. Geschichte aus einem versunkenen Land.
  Roman. st 4160. 976 Seiten

Hans-Ulrich Treichel
– Der Verlorene. Erzählung. st 3061. 176 Seiten

Rose Tremain
– Der unausweichliche Tag. Roman. Übersetzt von Christel
  Dormagen. st 4403. 334 Seiten

Mario Vargas Llosa
– Das böse Mädchen. Roman. Übersetzt von Elke Wehr.
  st 3932. 395 Seiten
– Ein diskreter Held. Roman. Übersetzt von Thomas Brovot.
  st 4545. 380 Seiten

Martin Walser
– Ein fliehendes Pferd. Novelle. st 600. 160 Seiten

Don Winslow
– Die Sprache des Feuers. Übersetzt von Chris Hirte. st 4525.
  418 Seiten
– Kings of Cool. Roman. Übersetzt von Conny Lösch.
  st 4488. 349 Seiten
– Tage der Toten. Kriminalroman. Übersetzt von Chris
  Hirte. st 4340. 689 Seiten